Fiona Longmuir

Freya und das Vermächtnis der Strandpiraten

Für Niall,
der die Welt fernhält,
damit ich neue Welten erschaffen kann

FIONA LONGMUIR

FREYA UND DAS VERMÄCHTNIS DER STRANDPIRATEN

Aus dem Englischen
von Bianca Dyck

KNESEBECK

EINS

Im Sommer wurde die Frühstückspension Bright and Breezy ihrem Namen absolut gerecht – hell und luftig. Der Steinstrand vor dem Gebäude glitzerte voller kleiner Felstümpel und ging nach und nach in den Sandstrand über, der auf der anderen Seite von Edge einen goldenen Bogen bildete. Der Horizont wurde von dem Leuchtturm auf der einen und der zerklüfteten schwarzen Felswand der Klippen auf der anderen Seite wie von Buchstützen eingerahmt. Da nur die Holzplanken der alten Promenade zwischen der Eingangstür der Pension und dem Strand lagen, bot beinahe jedes Zimmer darin einen Ausblick auf das blau schimmernde Meer. Und was noch viel wichtiger war – es gab dort auch das leckerste warme Frühstück der ganzen Stadt.

Im Sommer wimmelte es in der Pension nur so von Familien und Urlaubern, die aus den Großstädten kamen, um sich auf dem warmen Sand zu rekeln und die frische Meeresbrise einzuatmen. Randvoll mit abgenutzten Koffern, sandigen Babys und sonnenverbrannten Nasen, wurde die Pension geradezu lebendig.

Im Sommer wohnte Freya gerne mit ihrer Granny Kate in der Pension, sie mochte es, für ein wenig Taschengeld die Böden zu kehren und das Geschirr zu spülen. Aber am meisten mochte sie die Reisenden, die mit Geschichten von weitentfernten Orten und großen Abenteuern ankamen. Mit ihren zwölf Jahren war sie nie weiter als bis zur Nachbarstadt gekommen. Selbst als ihre Eltern noch am Leben gewesen waren, hatten sie nur einige Straßen entfernt gewohnt. Besucher lächelten sie stets herzlich an und sagten ihr, wie glücklich sie sich schätzen konnte, an so einem malerischen Ort zu wohnen, und was für ein wunderbares Leben sie führen musste.

»Ja«, antwortete sie dann und fügte in Gedanken noch *im Sommer* hinzu.

Denn Freya liebte Edge im Sommer, doch es fühlte sich immer wie ein Trick an. Wie ein kleines Kind in seiner besten Sonntagskleidung, das gerade saß und die Erwachsenen engelsgleich anlächelte. Wenn die Tage dann kürzer wurden und die Urlauber wieder in die Stadt zurückkehrten, wusste Freya, dass ein ganz anderes Edge im Anmarsch war. Die luftige Brise wurde frostig. Der Wind jagte durch die schmalen Straßen, rüttelte an Fensterläden und zwickte schelmisch an Nasen und Schals. Er schlug das Meer zu wildem Schaum auf und belegte die Stadt mit eisigem, klebrigem Salz. Wolken hingen schwer am Himmel, und an manchen Tagen fühlte es sich an, als würde sich die Sonne gar nicht erst die Mühe machen, aufzugehen. In der Nebensaison kam niemand nach Edge.

Die Verwandlung machte Freya immer etwas nervös. Denn sie schien nur zu beweisen, dass selbst die schönsten Dinge etwas Dunkles und Geheimnisvolles verbargen. Edge wurde unheimlich und seltsam, voller lauernder Stille und dunklen Ecken. Und Freyas Fantasie füllte diese Ecken immer mit etwas Schrecklichem aus. Sie fragte sich, was die lächelnden Touristen im Februar von Edge halten würden.

Trotz des Feuers im Kamin neben ihr zitterte sie. Sie hockte am Empfang der Pension, da es dort immer am wärmsten zu sein schien. Der Eisregen, der sie auf dem Heimweg von der Schule durchnässt hatte, peitschte gegen die Fenster. Ihr Mantel hing über einem Stuhl vor dem Feuer und dampfte beim Trocknen. Sie vergrub die Zehen tiefer im flauschigen Bauch von Sir Lancelot, der riesigen orangefarbenen Pensionskatze.

Sie wischte über ihre beschlagenen Brillengläser und versuchte, sich auf den Haufen an Mathehausaufgaben vor ihr zu konzentrieren. Doch ihre Aufmerksamkeit wurde vom Ticken der Uhr auf dem Tisch eingenommen. Sie hatte darüber nachgedacht, einen Wecker zu bauen, wusste aber nicht genau, wie sie das Ganze angehen sollte. Verstohlen warf sie einen Blick hinter sich, um sicherzugehen, dass Granny Kate nicht in der Nähe war. Dann nahm sie die Uhr in die Hand und öffnete die Rückseite. Das Innenleben der Uhr war voller surrender Zahnräder. Wärme breitete sich bis in die Fingerspitzen in Freya aus. Es erstaunte sie immer wieder aufs Neue, dass etwas so Simples wie eine Uhr so viele bewegliche Einzelteile hatte. Ganz still saß sie da und beobachtete, wie sich alles drehte. Sie war so sehr darin versunken, dass sie fast vom Stuhl gefallen wäre, als jemand die Tür der Pension aufstieß.

Eine große, dunkle Gestalt füllte die Tür aus, und Freyas Verstand rief instinktiv: *Monster!* Im Februar schien das genauso wahrscheinlich wie ein Mensch. Als die Gestalt dann durch die Tür trat und sie hinter sich zuzog, erkannte Freya, dass es tatsächlich ein Mensch war. Eine Frau. Sie war groß und trug einen langen grünen Mantel, der hinter ihr herwehte, während sie ging. Da, wo der Saum über den nassen Boden geschleift war, war er ganz dunkel. Die Frau bewegte sich wie eine Tänzerin, scheinbar völlig unbeeindruckt von dem schweren Koffer in ihrer Hand oder der Tatsache, dass sie nass bis auf die Knochen war. Sie schwebte geradezu auf Freya zu und offenbarte eine Reihe gerader weißer Zähne, als sie dem Empfang näher kam. Sie strahlte Kälte aus, und Freya bekam eine Gänsehaut. Sir Lancelot wand sich unter Freyas Füßen heraus, bevor er auf den Tresen sprang, um die Fremde anzufauchen. Freya schob ihn mit aller Kraft aus dem Weg.

Fast hätte sie gefragt: »Haben Sie sich verlaufen?« Aber dann fragte sie: »Kann ich Ihnen helfen?«

»Meine Güte«, sagte die Frau. »Die Empfangsdamen werden auch immer jünger.«

Freya setzte ein höfliches Lächeln auf. Warum dachten Erwachsene nur immer, dass dieser Spruch lustig war?

»Meine Granny Kate führt die Pension«, sagte sie. »Ich bin Freya.«

»Freya! Was für ein schöner Name.«

»Kann sein.«

Sie streckte die Hand nach der Glocke aus. Die Frau zeigte auf den Stapel Mathebücher auf dem Tisch. »Das sieht grauenvoll aus.«

Freya zuckte mit den Schultern. »Ich mag Mathe.«

»Oh. Dann ist das ja super.«

Ein unangenehmes Schweigen breitete sich aus, also drückte Freya auf die Glocke. Vom Zimmer nebenan drangen die entfernten Laute einer Person herüber, die sich aus dem Sessel hievte.

»Freya, wenn ich dir noch einmal sagen muss, dass du aufhören sollst, mit dieser Glocke zu spielen …«

Granny Kate unterbrach sich, als sie die Frau am Empfang entdeckte. Der Tatsache zufolge, dass ihre Haare in rosa Lockenwickler eingedreht waren, hatte auch sie nicht mit Gästen gerechnet. Sie spitzte die Lippen und entschied sich sichtlich dazu, es einfach zu ignorieren. Sie baute sich zu ihrer vollen Größe auf, die trotzdem absolut winzig war, und fragte: »Kann ich Ihnen helfen, meine Liebe?«

»Wäre es möglich, ein Zimmer zu bekommen?«

Freyas Kopf schoss in die Höhe. »Hier?«

Die Frau lachte, und es klang wie ein Teelöffel, der an eine Tasse klimperte. »Kommen hier öfter Leute vorbei, die woanders ein Zimmer wollen?«

»Oh. Nein. Im Februar kommt überhaupt niemand vorbei.«

Demonstrativ stellte Granny Kate sich vor Freya. »Was meine Enkelin damit sagen möchte, ist, dass Sie hier sehr willkommen sind. Ich bin Kate Lawson und führe die Pension. Und Freya kennen Sie ja bereits. Verraten Sie mir bitte Ihren Namen?«

»Vivien Oleander.«

Granny Kate holte ein Gästebuch hervor und fing an, Ms Oleanders persönliche Daten aufzunehmen. Diese Gelegenheit nutzte Freya, um die Besucherin genau zu mustern. Trotz des stürmischen Wetters war sie elegant gekleidet. Ihr Haar wurde an einer Seite mit einer lackierten Spange festgehalten, sodass es über ihre Schulter hinabfiel. Ordentlich gefeilte Fingernägel trommelten sanft auf den Tresen. Sie sah ganz anders aus als die üblichen Gäste.

Freya sah auf Ms Oleanders Namen im Gästebuch, den einzigen Namen auf der Seite. Sie war dieses Jahr ihr erster Gast, und auch davor war schon länger niemand da gewesen. Freya wusste, dass Granny Kate sich im Winter immer sorgte, wenn die Rechnungen stiegen und die Gäste ausblieben.

Daher dachte sie, dass sie sich wohl Mühe geben sollte. »Machen Sie Urlaub?«

Das Lächeln der Frau wurde breiter. »So was in der Art.«

»So was in der Art?«

»Freya, schhh«, sagte Granny Kate. »Und wie lange wollen Sie bleiben, Ms Oleander?«

»Mindestens zwei Wochen.«

Freya verzog das Gesicht. »Sie wissen nicht, wie lange Sie Urlaub machen wollen?«

»Freya«, sagte Granny Kate, und nun lag Verärgerung in ihrer Stimme, »würdest du noch einen Holzscheit ins Feuer werfen? Es sieht schon etwas schwach aus.«

Tat es nicht, und Freya wollte gerade darauf hinweisen, doch Granny Kate schenkte ihr einen vernichtenden Blick. Also seufzte sie so laut, wie sie es sich traute – was nicht sehr laut war –, und ging um den Tresen herum. Sie sah noch, wie die Frau ein Bündel frischer Scheine aus ihrer Handtasche holte, die sie Granny Kate über den Tresen reichte.

Zügig zählte Granny Kate sie und schrieb eine Quittung für einen zweiwöchigen Aufenthalt. »Das Frühstück wird im Zimmer rechts von Ihnen serviert. Sie sind momentan unser einziger Gast, wenn Sie mir also sagen, wann Sie ihr Frühstück möchten, mache ich es passend fertig.«

»Ich bin Frühaufsteherin.«

Freya erschauderte. *Ein Morgenmensch.*

Kurz nickte Granny Kate zustimmend. »Sehr gut. Acht Uhr?«

»Perfekt.«

»Irgendwelche Allergien.«

»Nur Penizillin.«

»Keine Sorge, das steht nicht auf unserer Speisekarte«, sagte Granny Kate und legte das Gästebuch zurück in die Schublade.

Ms Oleanders Blick schweifte über den Empfangsbereich, während Granny Kate hinter dem Tisch verschwand. Die Art, wie sie alles in sich aufnahm, wirkte beinahe hungrig. Aber irgendwie bezweifelte Freya, dass sie Hunger hatte. Etwas an diesem strahlenden gierigen Blick sorgte dafür, dass sich Freya die Nackenhaare aufstellten. Wieder stellte sich ihre Fantasie Ms Oleander als Monster vor, das die ganze Pension verschlingen würde, wenn Freya einmal nicht aufpasste. Mit dem Rücken an die Wand gedrückt, behielt Freya Ms Oleander im Auge. Sie stellte sich die Frau als smaragdgrünen Drachen vor und sah sich selbst mit einem Schwert vor ihr stehen, um ihr Zuhause tapfer zu verteidigen.

»Und natürlich können Sie sich eins der Zimmer frei aussuchen«, sagte Granny Kate.

»Zimmer drei hat die beste Aussicht!«, meldete sich Freya zu Wort.

Der vernichtende Blick kehrte zurück. »Alle Zimmer haben die gleiche Aussicht«, sagte Kate.

Freya zerbrach sich den Kopf. Was war Erwachsenen am wichtigsten? »Und die beste … Dusche?«

»Freya! Hör auf, Ms Oleander zu bedrängen!«

Ms Oleander schüttelte den Kopf. »Ist schon in Ordnung. Zimmer drei klingt perfekt, danke.«

Granny Kate nahm den Schlüssel vom Brett hinter sich und warf ihn Freya zu.

»Warum hängen Sie nicht den nassen Mantel auf und kommen für eine Tasse Tee mit ins Frühstückszimmer?

Dort brennt auch ein Feuer, also ist es schön warm. Freya kann Ihren Koffer auf Ihr Zimmer bringen.«

Ms Oleanders Griff am Koffer wurde fester, aber sie drehte sich um und stellte ihn vor Freya ab. »Das ist so nett, danke.«

Freya hob ihn an und versuchte, bei dem Gewicht nicht das Gesicht zu verziehen. Sie hievte den Koffer hoch an ihre Hüfte und ging holprig durch die Tür am Ende des Empfangsbereichs. Sie kam nur langsam voran. Der Koffer war entsetzlich schwer und die Treppe schmal und gewunden. An einer Stelle blieb Freya zwischen dem Koffer und der Wand stecken und musste einmal fest dagegentreten, um weiterzukommen. Hoffentlich würde das Ms Oleander nicht auffallen. Jetzt bereute sie fast, dass sie kein Zimmer im Erdgeschoss vorgeschlagen hatte.

Nach einer gefühlten Ewigkeit kämpfte sie sich endlich durch die Tür von Zimmer drei. Sie ließ den Koffer laut auf den Boden plumpsen und lehnte sich schwer atmend an die Tür. Schweiß kühlte ihre Haut, und sie zitterte. Neugierig beäugte sie den Koffer. Es war eins dieser großen altmodischen Dinger. Braunes Leder mit zwei riesigen Schnallen und einem großen Zahlenschloss. Am Griff war ein Gepäckanhänger befestigt, aber es stand nichts darauf.

Sie stupste den Koffer mit dem Zeh an. Vielleicht sollte sie einfach kurz hineinschauen. Sie könnte ja einfach behaupten, sie wollte Ms Oleander helfen, indem sie schon mal auspackte. Dann dachte sie daran, wie Ms Oleanders

Griff sich gefestigt hatte. Vielleicht lieber doch nicht. Außerdem war sie nicht neugierig. Nicht wirklich. Also schob sie den Koffer zum Bett und ging zur Tür zurück. Sie warf einen Blick auf den Lüftungsschlitz in der Wand. Dem Schlitz, der zu ihrem Zimmer auf der unteren Etage führte. Absoluter Zufall natürlich. Den hatte sie völlig vergessen.

ZWEI

Am nächsten Morgen wurde Freya vom prasselnden Regen an ihrem Fenster geweckt. Da sie noch nicht ganz dazu bereit war, sich der Kälte zu stellen, schleppte sie ihre Decke mit zum Schreibtisch, schnappte sich die Uhr vom Empfang und ging damit zurück ins Bett. Sie drehte sie um und zupfte mit dem Fingernagel an einem großen Zahnrad. Während sie versuchte, die Decke mit ihrem Kinn festzuhalten, verlor sie das Gleichgewicht und zog dabei das Rad aus seiner Verankerung, wodurch Zahnräder und Sprungfedern heraus auf ihr Bett fielen. Freya stöhnte. Etwas komplett kaputt zu machen, war wohl eine gute Art, zu lernen, wie es funktionierte, nur war das nicht ganz ihr Plan gewesen. Sie tastete auf dem Bett herum, um alle Teile wieder zusammenzusammeln.

Sie vernahm ein seltsames Flüstern, und ihr Blick huschte zur Lüftung in ihrer Wand. Mit angehaltenem Atem schlich sie sich dorthin und drückte das Ohr dagegen. Sie konnte sich nicht vorstellen, was jemand im Februar in Edge vorhatte, und es kam ihr sehr sonderbar vor, dass Ms Oleander scheinbar auch nicht wusste, was sie hier tat. Oder zumindest wollte sie es nicht erzählen. Freya hörte nichts. Vielleicht hatte doch nur der Wind das Geräusch verursacht.

Also zwang sie sich aus dem Bett, zog sich ihren gemütlichsten und hässlichsten Pullover über und ging in die Küche, um sich Frühstück zu machen. Sie fragte sich, ob Granny Kate das Feuer im Frühstückszimmer schon angezündet hatte, und ging darauf zu. Beim Klang von Ms Oleanders Stimme blieb Freya mit einer Schulter an der Tür und einem Tablett in den Händen stehen.

»Ich bin überrascht, dass so ein wunderschöner Ort vollkommen leer ist«, ertönte Ms Oleanders Stimme.

Granny Kate antwortete nur mit einem unverbindlichen Laut.

Ms Oleander sprach weiter: »Ich kann mir vorstellen, dass es hier die meiste Zeit nur so von Besuchern wimmelt.«

»Es ist ein saisonaler Betrieb«, sagte Granny Kate. »Den meisten Umsatz machen wir in den Sommermonaten.«

»Und macht es das nicht schwer für Sie?«

Granny Kates Stimme klang nun angespannt. »Wir kommen zurecht.«

Freya verzog das Gesicht. Ihre Großmutter gab sich alle Mühe, fröhlich zu klingen, aber Freya musste an das leere Gästebuch denken: Ms Oleanders Name stach darin dick und schwarz hervor.

Ms Oleander lachte, sie hatte ein seltsames murmelndes Lachen.

Freya wollte nicht länger zuhören. Statt im Frühstückszimmer machte sie es sich in ihrem eigenen Zimmer bequem. Eine dampfende Tasse Tee kühlte neben ihr ab, zusammen mit einer Scheibe von Granny Kates Ingwerbrot. Es war schön klebrig und glänzte vor kandierten Ingwerstückchen. Sir Lancelot lümmelte neben ihr auf dem Boden herum, leckte Ingwerbrotkrümel vom Teppich und war generell einfach im Weg.

Ihr Zimmer war das kleinste der Pension, aber das störte sie nicht. Sie liebte es sogar. Sie liebte es, dass es sich wie eine kleine Erdhöhle anfühlte. Sie liebte den Ausblick auf das Möwennest auf der Straßenlaterne gegenüber. Und sie liebte den Patchwork-Teppich, den Granny Kate gefertigt hatte, um die knorrigen Holzdielen zu bedecken. Aus den übriggebliebenen Stoffresten hatte Freya Wimpelketten gemacht, die quer an der Decke befestigt waren und fröhliche Farbkleckse auf die weiße Wand malten, die nicht einmal das trostloseste Edge-Wetter trüben konnte.

Der Großteil des Zimmers wurde von Freyas Erfindungswerkstatt eingenommen, die von einem heißgeliebten Foto von Nancy Johnson beaufsichtigt wurde. Nancy Johnson war Freyas Heldin – sie hatte nämlich die Eismaschine erfunden.

Es hingen auch andere Fotos dort: von Granny Kate, von Freyas bester Freundin Lin, von Geburtstagen und Picknicks und Schulausflügen, aber Nancy nahm den Ehrenplatz ein. Eines Tages würde Freya vielleicht etwas genauso Wunderbares erfinden wie eine Eismaschine. Und vielleicht würde dann ein anderes erfinderisches Kind ein Foto von Freya an seine Wand hängen. Doch jetzt gerade würde sie erst cinmal die auseinandergenommene Empfangsuhr wieder zusammenbasteln müssen. Freyas Tisch war ein altmodisches Schreibpult mit einer Reihe an Schubladen und Fächern zum Aufbewahren von verschiedenen Stiften. Die Einzelteile der Uhr langen auf der Tischplatte verteilt.

Sie drehte ein gezacktes Zahnrad in ihren Fingern herum. Die Funktion von Dingen hatte sie immer schon fasziniert. Als sie acht gewesen war, hatte Granny Kate ihr eine Rätselkiste gekauft. Auf den ersten Blick hatte sie vollkommen normal ausgesehen: eine einfache rechteckige Holzkiste mit einem flachen Deckel. Doch als Freya versucht hatte, den Deckel zu öffnen, steckte er fest. Die Kiste war kompliziert entworfen – mehrere versteckte Fächer und Schalter mussten auf eine ganz bestimmte Weise angeordnet werden, damit sie sich öffnen ließ. Freya hatte dafür drei Tage gebraucht, drei Tage, in denen Granny Kate eine wunderbare, nie dagewesene Ruhe genossen hatte. Dann hatte sie drei weitere Tage benötigt, um die Kiste komplett auseinanderzunehmen, ihr Innenleben zu studieren und sie wieder zusammenzusetzen.

Granny Kate steckte den Kopf durch die Tür. Freya schrak auf. Ihre Granny hatte ein Talent dafür, aus dem Nichts aufzutauchen. Vor allem dann, wenn Freya etwas Verbotenes tat.

»Freya, Lin steht vor der Tür.« Sie hob eine Augenbraue. »Ich hoffe, das war kein Ingwerbrot zum Frühstück.«

Freya schluckte. »Nein«, sagte sie, während ihre Zunge noch vom Sirup klebte.

Granny Kate schnaubte. »Nimm dir auf dem Weg nach draußen auf jeden Fall ein Stück Obst mit. Sonst kriegst du noch Skorbut.«

Mit einem Kuss sauste Freya an ihr vorbei und polterte die Treppen hinunter. Widerwillig steckte sie sich einen Apfel in die Tasche und lief nach draußen, wo ihre beste Freundin Lin auf sie wartete.

***

Abgesehen von Freya und Lin war der Strand menschenleer. Der Regen hatte nachgelassen, aber der Wind heulte noch. Selbst die leidenschaftlichsten Kaltwasser-Schwimmer wagten sich heute nicht ins eisige Meer. Freya rieb mit einem Ärmel über ihre Brillengläser, um sie sauber zu machen, verschmierte sie damit aber nur noch mehr. Also nahm sie die Brille von der Nase und putzte sie ordentlich, bevor sie sie wieder aufsetzte. Dann schloss sie zu Lin auf, die systematisch einen Metalldetektor über den Sand führte.

Der Metalldetektor war Freyas Idee gewesen. Sie war völlig begeistert von seiner cleveren Funktionsweise, hatte sich allerdings noch nicht getraut, ihn auseinanderzunehmen. Sie hatte Lin vorgeschlagen, dass sie ihr Taschengeld zusammenlegen und einen kaufen sollten. Lin war eine eifrige Sammlerin, ihr Zimmer war voll mit Federn, Meerglas und anderen Dingen, die sie in der Brandung gefunden hatte, also war sie sofort dabei gewesen. Freya erzählte Lin, dass sie nach Erfindungsmaterialien suchte. Insgeheim fragte sie sich, ob sie vielleicht einen Schatz finden würden. Genug, um Granny Kate mit der Pension zu helfen.

Lin trug so viele Lagen Strick, dass sie fast kugelrund war. Sie sah Freya erwartungsvoll an.

»Hast du was gesagt?«, fragte Freya. »Ich kann dich durch die ganzen Lagen nicht hören.«

Lin zog den Schal herunter, der ihren Mund bedeckte. »Ich sagte, dass ich tatsächlich erfriere.«

Freya lachte. »Du siehst auch aus, als würdest du tatsächlich erfrieren.«

Sie nahm Lin den Detektor ab und bewegte ihn langsam in großen Bögen über den Boden.

Lin schob ihre behandschuhten Hände in die Taschen. Zwischen ihren Augenbrauen hatte sich eine kleine Falte gebildet. »Worüber hältst du deine Präsentation nächste Woche?«, fragte sie.

Jedes Jahr zur Bürgerschaftswoche mussten alle Schüler und Schülerinnen eine Präsentation zu einer Veränderung halten, mit der man ihrer Meinung nach Edge verbessern könnte. Der oder die Beste aus jeder Klasse musste dann die Präsentation vor der ganzen Schule vortragen. Lins Schwester Mei war letztes Jahr die Beste der ganzen Schule gewesen. Genau wie das Jahr davor.

Bei dem Gedanken, vor so vielen Leuten sprechen zu müssen, wurde Freya ganz schlecht. Tatsächlich hatte sie sich letztes Jahr vor der Präsentation gedrückt, indem sie ohnmächtig wurde, als sie fürs Vortragen aufstand. Sie verzog das Gesicht und versuchte, sich die Erinnerung daran aus dem Kopf zu schütteln.

»Über die Förderung von mehr AGs nach dem Unterricht«, antwortete Freya. »Ich möchte einen Robotik-Club gründen, aber die Schule sagt, dafür gibt es kein Geld.«

»Das ist eine wirklich gute Idee!«

»Danke. Was ist mit dir?«

»Über die Reparatur der Rampe bei der Strandpromenade. Die Treppen sind für meine Mom mit ihrem Stock so umständlich. Alle sollten den Strand nutzen können.«

»Absolut! Das wäre toll.«

Lin verzog das Gesicht. »Aber nicht so gut wie Meis Idee.«

»Was ist ihre Idee?«

Lin zuckte mit den Schultern. »Keine Ahnung. Aber wir wissen doch, dass sie besser sein wird.«

»Ich weiß das nicht. Und du auch nicht.«

Lin zuckte erneut mit den Schultern und drehte sich weg. Freya konnte ihre angespannten Schultern sogar noch durch den bauschigen Mantel sehen. Sie hievte den Metalldetektor unter einen Arm und hakte sich mit dem anderen bei Lin unter.

Lin drückte ihn. »Wie geht es dir wegen der Präsentation?«

Freya biss sich auf die Lippe. »Ich bin sehr nervös.«

»Wegen letztem Jahr? Daran erinnert sich niemand mehr.«

Freya verdrehte die Augen. »Erstens: Doch, tun sie. Und zweitens: Ich bin ohnmächtig geworden, weil ich nervös war. Ich bin nicht nervös, weil ich ohnmächtig geworden bin.«

»Das verstehe ich nicht«, sagte Lin. »In der Pension redest du ständig mit Leuten und hast keine Angst vor ihnen.«

Freya kaute auf ihrer Lippe herum. »Meistens nicht, nein.«

»Was soll das heißen?«

Freya schüttelte den Kopf. »Keine Ahnung. Gestern hat diese Frau eingecheckt –«

»In der Pension?«, unterbrach Lin.

»Wo sonst?«, entgegnete Freya.

»Im Februar?«, fragte Lin.

»Im Februar! Das ist seltsam, oder?«

Lin runzelte die Stirn. »Schätze schon. Und du hast Angst vor ihr?«

»Nicht direkt Angst«, sagte Freya. »Es ist nur … Keine Ahnung. Sie hatte etwas Seltsames an sich.«

Lin kniff die Augen zusammen, als der Sprühregen ihr ins Gesicht blies. »Na ja, klar. Wer kommt schon im Februar nach Edge? Nicht mal ich will im Februar hier sein, und ich lebe tatsächlich hier.«

»Deine Mum bringt dich noch um, wenn du nicht aufhörst, ›tatsächlich‹ zu sagen.«

Lin verdrehte die Augen.

»Und wenn du nicht aufhörst, die Augen zu verdrehen.«

»Also, für mich klingt es nicht besorgniserregend. Ich dachte, du würdest dich freuen, wenn jemand bei euch eincheckt. Ich weiß, dass es im Winter schwierig für deine Granny Kate sein kann.«

»Ja, wahrscheinlich hast du recht«, sagte Freya, klang aber überhaupt nicht überzeugt.

Lin drückte noch einmal Freyas Arm. »Du musst nicht immer vor allem so viel Angst haben, weißt du.«

Freya löste sich von Lin und verschränkte die Arme. »Ich habe nicht immer vor allem Angst«, sagte sie, auch wenn es ein bisschen so war.

»Schon ein bisschen«, sagte Lin.

»*Gar* nicht.«

Lin hob eine Augenbraue. Zumindest dachte Freya das. Ihre Wollmütze hatte gezuckt.

»Wenn ich also vorschlage, dass wir den Metalldetektor mit zu den Höhlen nehmen …?«, entgegnete Lin.

»Auf keinen Fall.«

»Warum nicht? Wenn ich eine Piratin wäre, würde ich dort meinen Schatz verstecken.«

»Wir gehen nicht in die Höhlen.«

»Weil es da spukt?«

»Nein! Weil sie gefährlich sind«, sagte Freya, auch wenn es ein bisschen daran lag, dass es dort spukte.

Die Klippen von Edge waren von Höhlen durchlöchert, einige davon führten zu geheimen Schmugglergängen in der Stadt. Es gab winzige Nischen, die kaum groß genug waren, um den Kopf hineinzustecken, aber auch riesige klaffende Schlunde, in denen das Plätschern der Wellen widerhallte und die das Licht einer Taschenlampe einfach verschluckten. Sie trugen Geräusche auf seltsame Weise über die Strände, sodass man Gesprächsfetzen hörte, selbst wenn niemand in der Nähe war – leises Stöhnen, das in der nebligen Luft verschwand.

»Was denkst *du denn*, was diese Geräusche macht?«, fragte Freya.

»Weiß nicht. Keine Geister«, sagte Lin.

Das war ein Thema, über das sie ständig zankten. Freyas lebhafte Fantasie erlaubte es ihr, komplizierte Rätsel zu entwerfen und zu lösen. Sie konnte sich eine Maschine bildlich vorstellen und sehen, wie jedes ihrer Einzelteile zusammenpasste. Doch dieselbe Fantasie erfüllte ihren Verstand mit Monstern, die nur darauf warteten, dass sie unachtsam wurde. Wohingegen Lin nicht an Dinge glaubte, die sie nicht sehen konnte.

Sie nahm Freya den Detektor ab und marschierte voran, während sie ihn launisch herumschwang. Als die Maschine piepte, änderte sich ihr Gesichtsausdruck schlagartig. Das war das Beste an Lin. Ihre Aufmerksamkeitsspanne reichte nicht aus, um länger wütend zu sein. Eigentlich reichte ihre Aufmerksamkeitsspanne für fast gar nichts aus.

Sie bewegte den Kopf des Detektors in kleinen Kreisen über den Sand, und als sie mit dem Ergebnis zufrieden war, malte sie mit der Spitze ihres Stiefels ein kleines x in den Sand.

»Ein Schatz!«, rief sie. »Schaufel, bitte.«

Freya wühlte in ihrem Beutel und holte eine kleine Schaufel hervor. Den reichte sie Lin, die im Sand hockte. »Sei vorsichtig«, sagte Freya ernst. »Wenn es ein Schatz ist, könnte er mit einer Falle versehen sein.«

»Aye, aye, Herzchen. Wir verfahren mit größter Vorsicht.«

Und dann schlug sie kräftig mit der Spitze des Spachtels auf den gefrorenen Sand. Freya kicherte. Anschließend fing sie vorsichtig an, mit den Fingern im Sand zu buddeln. Was mit Handschuhen leichter gesagt war als getan.

»Gold!«, rief sie. »Da ist Gold in den Hügeln!«

Freya schnaubte. »Das sagen ziemlich sicher Goldsucher, nicht Piraten.«

»Ist doch dasselbe.«

»Nur ohne Boote.«

Freya hockte sich neben Lin, und sie wühlten beide mit den Händen im Sand. Schon kurz darauf schlossen sich Freyas Finger um etwas Kleines und Kaltes. Sie zog es aus dem Boden und wischte den gröbsten Sand weg.

»Oh«, sagte sie leise. »Es *ist* Gold.«

Es war eine kleine Münze. Selbst im spärlichen grauen Sonnenlicht leuchtete sie warm und goldgelb wie geschmolzene Butter.

Lin drängte sich an sie. »Woah«, sagte sie. »Lass mal sehen!«

Sie nahm Freya die Münze ab und hielt sie sich nah vors Gesicht.

»Ein Schatz!«, rief sie. »Es ist ein Schatz!«

Lins plötzlicher Schrei ließ Freya aufschrecken, bevor beide in Kichern ausbrachen. Seitdem sie den Metalldetektor gekauft hatten, hatten sie schon haufenweise Zeug gefunden und ihre Taschen mit Dosen, Pins und kleinen Metallknöpfen gefüllt. Doch so etwas hatten sie noch nie gefunden. Spontan fingen sie an, wild zu tanzen, drehten einander auf dem Sand, bis Lin über den Metalldetektor stolperte und mit einem leisen *Uff* rückwärts in den Sand fiel. Freya half ihr wieder auf die Füße, während immer noch fröhliches Kichern aus ihrer Brust hervorsprudelte.

Lin gab Freya die Münze zurück und hob den Metalldetektor auf. »Vielleicht sind hier irgendwo noch ein paar Millionen davon«, sagte sie.

Hoffnungsvoll bewegten sie den Detektor herum, aber er blieb hartnäckig stumm.

Freya ließ die Münze in ihre Tasche gleiten.

DREI

Nach der Kälte am Strand fühlte sich das Öffnen von Lins Haustür an wie das Öffnen einer Ofentür. Freyas Fingerspitzen brannten, als das Blut wieder durch sie hindurchfloss, was bedeutete, dass sie drei Anläufe brauchte, um sich die Schnürsenkel aufzubinden. Sie stellte ihre Schuhe neben der Haustür ab und folgte Lin in die Küche. Dieses Haus war Freya fast so vertraut wie ihr eigenes. Ziemlich sicher würde sie sich darin mit verbundenen Augen zurechtfinden. Tatsächlich hatten Lin und sie das schon mal ausprobiert, aber Lins Mum hatte dem Ganzen sofort ein Ende gesetzt, als Freya polternd die Treppe hinuntergefallen war.

Die warme Küche war das perfekte Gegenmittel zum Strand – die Fenster waren beschlagen, und die Luft roch nach Ingwer und Soja. Eine Auswahl an Plastikdosen stand auf der Küchentheke, und Freya setzte sich auf ihre Hände, um der Versuchung zu widerstehen, die Finger in einen der Behälter zu stecken. Auf der anderen Seite des Tisches saßen Lins Schwester Mei und ihre feste Freundin Harpreet vor lauter Zetteln. Die beiden Schwestern hätten kaum unterschiedlicher aussehen können. Mei hatte kantige Gesichtszüge, während Lin weiche Grübchen hatte. Beide hatten glänzende blauschwarze Haare wie Wasserfälle, um die Freya sie beneidete und die beide Schwestern als Plage ansahen. Aber an ihrem vierzehnten Geburtstag hatte Mei ihre Haare bis zum Kinn abschneiden und sich eine Strähne in knalligem Lila färben lassen.

Harpreet sah auf und lächelte Freya an. »Hi, Freya, wie geht's dir?«

»Gut, danke. Was macht ihr da?«

Mei rieb sich das Gesicht und hinterließ dabei einen Tintenfleck auf ihrer Nase. »Wir starten eine Briefkampagne. Die Wasserverschmutzung um Edge herum schadet den Algen.«

»Oh, die Algen«, sagte Lin, die sich auf den Stuhl neben Freya setzte und ihr ein kleines rundes Brötchen reichte.

Es verbrannte Freya die Finger, roch aber zu gut, als dass sie hätte widerstehen können. Sie steckte es sich in den Mund und verbrannte sich damit sofort auch noch die Zunge.

Mei legte den Stift hin und bedachte Lin mit einem ernsten Blick. »Das ist nicht lustig. Die Algen bilden die Basis für das ganze Ökosystem. Wenn sie aus dem Gleichgewicht geraten, kann das schlimme Konsequenzen haben.«

»›Algen aus dem Gleichgewicht‹ wäre ein cooler Name für eine Punkband«, sagte Freya.

»Total«, sagte Lin, gerade als ihre Mutter in die Küche kam.

Diese seufzte schwer. »Total, total. Wer redet so?«

»Alle«, entgegnete Lin.

Lins Mum tippte ihren Gehstock an die Rückseite von Lins Stuhl. »Nun, meine Töchter sind nicht *alle*.« Sie drehte sich um und schloss die Plastikbehälter mit Deckeln. Dann hielt sie inne und drehte sich wieder den Mädchen zu. »Hat jemand eins meiner Brötchen genommen?«

Lin erstarrte. Freya drückte ihre verbrannte Zunge an den Gaumen und setzte eine hoffentlich unschuldige Miene auf.

»Es fehlen vier Stück«, sagte Lins Mum.

Freya unterdrückte ein Kichern, als sie zu Mei und Harpreet schaute, die genauso engelsgleiche Mienen aufgesetzt hatten. Lins Mum seufzte wieder, stapelte die Behälter aufeinander und verließ murmelnd das Zimmer. Alle am Tisch grinsten nervös.

»Also brauchen die Algen dringend unsere Hilfe?«, fragte Lin, was ihr einen weiteren bösen Blick von Mei einbrachte.

Mei hatte immer eine gute Sache in Arbeit. Sie und Harpreet bastelten ständig Poster, unterschrieben Petitionen und nahmen den Bus in die nächstgelegene Stadt, um sich Protesten anzuschließen.

»Wenn ihr uns sowieso nervt, könnt ihr auch helfen«, sagte Mei und schob ihnen einen Stapel Zettel zu. »Schreibt einen Brief. Hier habe ich eine Vorlage. Die werden wir bei der Stadtversammlung nächste Woche präsentieren.«

»Freya, glaubst du, deine Granny würde einen für uns schreiben?«, fragte Harpreet.

»Klar, ich könnte sie vermutlich dazu bringen, sich um die Algen zu sorgen.«

»Wer würde das nicht?«, fragte Lin ernst, was ihr unter dem Tisch einen Tritt von Mei einbrachte.

»Hey!«, schrie sie auf.

»Lin, hör auf zu schreien!«, rief ihre Mutter aus dem Zimmer nebenan.

»Mei hat angefangen!«

»Du schreist immer noch!«

Selbstgefällig schaute Mei Lin an und widmete sich dann wieder ihrem Brief.

Freya stecke die Vorlage in ihre Tasche und sah aus dem Fenster. »Es wird langsam dunkel. Ich sollte nach Hause gehen.«

Lin sah ebenfalls aus dem Fenster und stöhnte. »Es ist quasi Mittag. Ich hasse den Februar. Sollen wir dich begleiten?«

»Nein, schon gut«, sagte Freya, obwohl ihr das lieber gewesen wäre. Sie schob ihren Stuhl zurück und zog sich ihren Mantel wieder über die Schulten.

Lin folgte ihr zur Tür. »Sicher, dass du keine Begleitung willst?«

Freya schob ihre Füße in die Schuhe und schüttelte den Kopf. »Dann musst du ja alleine zurückgehen.«

Ernst nickte Lin. »Und ich könnte von einem Seemonster gefressen werden.«

Freya schubste sie. »Ich glaube nicht, dass ich von einem Seemonster gefressen werde.«

»Von einem Geist entführt?«

»Okay, ich gehe jetzt.«

Lin zog sie in eine feste Umarmung. »Sag Bescheid, wenn du zu Hause bist.«

Freya erwiderte die Umarmung und trat hinaus in das schwindende Licht. Sie zwang sich dazu, langsam zu gehen, solange sie noch in Sichtweite des Hauses war. Doch als die erleuchteten Fenster hinter ihr verschwanden, ging sie schneller in Richtung der Lichter der Stadt. Lin wohnte nur ein paar Minuten vom Stadtzentrum entfernt, aber entlang der Küste gab es nicht viele Straßenlaternen, also ließ das warme Leuchten der Stadt diesen Teil der Straße noch dunkler erscheinen.

Neben ihr flüsterte das Meer, eine große schwarze Fläche, die sich bis zum Horizont erstreckte. Und weit in der Ferne heulte der Wind unheimlich durch die Höhlen. Freya biss sich auf die Lippe und lief los. Obwohl ihr Verstand ihr sagte, dass sie albern war, liefen ihre Beine weiter. Ihr rutschte die Brille an der Nase herunter, und sie schwitzte langsam unter dem dicken Mantel. Als sie beim Rathaus ankam, das im orangefarbenen Licht der Laternen schwarz vor ihr aufragte, lehnte sie sich daran an und versuchte, zu Atem zu kommen. Sie schüttelte den Kopf. Wenn sie im Licht stand, wusste sie, dass es keine Geister, keine spukenden Höhlen und nichts gab, was in den Schatten nach ihr greifen wollte. Warum also war es im Dunkeln so schwer zu glauben? Lin hatte recht. Freya musste aufhören, vor allem Angst zu haben. Vielleicht sollte sie zurückgehen und sich ein paar Minuten lang an die Küste stellen, nur um sich selbst zu beweisen, dass dort nichts war. Sie kaute auf ihrer Lippe und starrte an den Rand der dunklen Promenade. Je länger sie starrte, desto mehr schien sich die Dunkelheit zu bewegen.

Zu ihrer Linken wurde eine Tür aufgeschlagen, und der Schreck sorgte dafür, dass sie instinktiv um die Ecke sprang. Dann warf sie einen vorsichtigen Blick zurück. Wieder einmal waren es kein Monster. Sondern zwei Menschen. Die Haare in Freyas Nacken kribbelten, als sie Ms Oleander erkannte. Was machte sie im Rathaus? Sie schob ein paar Zettel in eine Aktentasche. Als sie einen Schritt zur Seite trat, erkannte Freya, dass sie mit dem Bürgermeister der Stadt sprach. Sie schüttelten sich kräftig die Hände, und ein Lächeln legte sich auf Ms Oleanders Gesicht, während sie sich abwandte. Sie schloss ihre Tasche, stellte den Kragen ihrer Jacke gegen den Wind auf und ging in Richtung Pension davon.

Eine leichte Bewegung lenkte Freyas Aufmerksamkeit von Ms Oleander ab. Die Schatten beim Meer schienen sich wieder zu bewegen. Freya stützte sich mit einer Hand an die Wand, ihr Mund war ganz trocken, als sie schluckte. In der Dunkelheit nahm etwas Gestalt an.

Da ist nichts, dachte Freya. *Da ist absolut nichts.* Ihre Brille war vom Regen ganz verschwommen, das war alles. Sie nahm sie ab und zwang sich dazu, sie langsam zu säubern. Dabei versuchte sie, den Gedanken zu verdrängen, dass sich etwas auf sie zubewegte.

Als sie die Brille dann wieder aufsetzte, musste sie einen Schrei unterdrücken. Denn dort war etwas. Sie konnte ein dünnes, blasses Gesicht erkennen, Haar, das im orangefarbenen Laternenlicht rot aussah, und zwei dunkle Augen, die sie direkt ansahen. Ein Junge. Freya zitterte, als sein Blick auf ihren traf. Der Junge sah sie an, als würde er sie hassen. Sie stand vollkommen bewegungslos da, ihre Augen brannten in der Kälte, während sie sich bemühte, den Jungen im Blick zu behalten. Als sie blinzelte, war er weg.

VIER

Die Bürgerschaftswoche fing mit einem Schulausflug an. Freyas Klasse wanderte zum alten Leuchtturm, der nach einer besonders erfolgreichen Schülerpräsentation für die Bürgerschaftswoche vor ein paar Jahren instand gesetzt worden war. Die Schulleiterin der Schule nahm ihn immer stolz als Beispiel, um deutlich zu machen, was die Schüler und Schülerinnen erreichen konnten, wenn sie sich für die Dinge einsetzten, die ihnen wichtig waren. Vermutlich wäre das Ganze inspirierender, wenn nicht gerade Februar wäre.

Sie hatten sich erbärmlich zusammengedrängt, durchnässt vom Nieselregen und der Gischt, die vom Meer kam. Dann erklommen sie eine endlos lange Wendeltreppe und zitterten in dem Raum, der einmal das Quartier des Leuchtturmwärters gewesen war. Freya kannte die Legende über den Piraten, der hier mit einem Diamanten angespült worden war, und versuchte, der Reiseführerin aufmerksam zuzuhören, nur für den Fall, dass es irgendwelche Hinweise auf im Sand vergrabene Schätze in Edge gab. Doch Geschichte war nicht Freyas Stärke gewesen, und als die Reiseführerin dann anfing, über traditionelle Seefahrtsberufe zu reden – etwas, das Freya gefühlt schon mindestens vierzehnmal gehört hatte – ließ ihre Aufmerksamkeit nach.

Lin war neben ihr genauso abgelenkt und versuchte, einen Zauberwürfel zu lösen. Freya runzelte die Stirn. Rätsel waren ihre Spezialität, aber aus irgendeinem Grund hatte sie das mit diesem Zauberwürfel nie richtig hinbekommen. Sie vermutete, dass Lin den Würfel deshalb so mochte. Nur um Freya zu ärgern.

Sie stupste Lin an. »Kannst du das mal lassen? Ich versuche, mich zu konzentrieren.«

Lin streckte ihr nur die Zunge raus und machte weiter.

Seufzend versuchte Freya, sich wieder auf die Reiseführerin zu konzentrieren. Anscheinend sprach diese gerade über die Geschichte des Walfangs. Freya fing den Blick ihrer Lehrerin ein, die den Kopf drohend in Lins Richtung zucken ließ. Lin machte unbeirrt weiter, also stupste Freya sie an.

Lin sah auf, schnaubte ausgiebig und schob den Würfel dann in ihre Tasche. Genervt lehnte sie sich an die Wand und tat gar nicht erst so, als hörte sie richtig zu. Plötzlich strahlte sie, als ihr Blick auf ein Gemälde an der Wand fiel.

»Sieh dir das an«, sagte sie. »Ich liebe es, dass Meerjungfrauen immer irgendwie böse aussehen.«

Freya folgte Lins Blick. Die Meerjungfrau wirkte tatsächlich irgendwie böse: langes schwarzes Haar, das um sie herumwirbelte, dunkle Augen, gefletschte kleine weiße Zähne.

»Sie sieht aus wie Ms Oleander«, sagte Freya.

Lin stöhnte. »Du bist *besessen* von dieser Frau.«

»Ich bin nicht *besessen*. Ich denke nur, dass da möglicherweise etwas im Busch ist.«

Lin bedachte Freya mit einem Blick.

»Was denn?«, fragte diese.

»Erinnerst du dich noch an das eine Mal, als du dachtest, der Schulinspektor wäre ein Spion?«

Hitze stieg in Freyas Gesicht auf. »Was hat das denn jetzt damit zu tun?«

»Oder daran, als du die Polizei gerufen hast, weil du dachtest, der Fensterputzer wollte die Pension ausrauben?«

»Okay, darüber wollten wir nicht mehr sprechen.«

Lin verkniff sich ein Lächeln. »Ich meine ja nur. Du hast die Angewohnheit, direkt die aufregendsten Erklärungen für alles zu finden. Und ich bin mir nicht sicher, ob Edge so aufregend ist, wie du glaubst. Meine Mum sagt, es ist der sicherste Ort, an dem sie je gelebt hat. Und sicher ist eindeutig ein Codewort für ›am langweiligsten‹.«

Die Reiseführerin hörte auf zu reden und öffnete eine Tür am anderen Ende des Raumes. Freya seufzte, als noch mehr Stufen in Sicht kamen.

»Sir Lancelot mag sie nicht.«

Lin runzelte die Stirn. »Meine Mum?«

»Nein! Ms Oleander.«

Da schubste Lin Freya sanft. »Na gut, na gut. Sir Lancelot mag allerdings niemanden.«

»Er mag uns.«

»Weil wir ihm Thunfischsandwiches geben. Und *deshalb* ist er auch so groß wie ein Kleinwagen.«

Freya pustete sich eine Haarsträhne aus dem Gesicht, als sie die Treppen nahmen. Dabei dachte sie an Ms Oleander – an ihre glasigen Augen, ihr strahlendes Lächeln. Freyas Nacken kribbelte. »Sie erinnert mich an ein Insekt oder so. Wunderschön, aber auf eine harte, glänzende Art.«

In gespieltem Entsetzen riss Lin die Augen auf. »Vielleicht hast du recht. Vielleicht will sie dich vergiften. Oder sie beißt dir den Kopf ab und frisst dich.«

Freya schnaubte. »Wart's nur ab. Du wirst dich so schlecht fühlen, wenn sie mich tatsächlich frisst.«

Die Schülerinnen und Schüler stiegen nacheinander eine stabile Leiter hinauf und fanden sich in einem winzigen Raum wieder, in dem sich die Laterne des Leuchtturms befand. Nach der Kletterpartie lehnte Freya sich an ein Fenster, um wieder zu Atem zu kommen. Lin hatte die Hände an die Scheibe gedrückt und sah auf die Stadt unter ihnen hinaus. Freya hingegen verankerte den Blick fest auf die Reiseführerin. Bei Höhen fühlte sie sich immer komisch.

»Der Leuchtturmwärter musste diese Kletterei mehrmals am Tag durchmachen, um die Lampe aufzuziehen, damit sie sich stets dreht«, erklärte die Reiseführerin und zeigte auf die Leiter, die sie gerade hochgeklettert waren.

Jetzt wurde Freya aufmerksam. »Die Lampe aufziehen? Was heißt das?«

Die Reiseführerin griff an das riesige Rad unter der Lampe. »Dieses Rad ist mit einem Gewicht im Inneren des

Leuchtturms verbunden.« Sie drehte einmal kräftig daran, und Freya hörte, wie sich etwas Großes im Bauch des Leuchtturms bewegte. »Der Leuchtturmwärter musste das Rad drehen, um das Gewicht anzuheben, und während sich das Gewicht wieder senkt, dreht sich das Licht.« Sie ließ das Rad wieder los, und die Lampe drehte sich ein winziges Stück.

Freya strich mit den Fingerspitzen über das Rad. »Das«, sagte sie, »ist das Coolste, was ich je gehört habe.«

Fünf

Die Aufregung über den Ausflug zum Leuchtturm legte sich schnell wieder. Die Präsentationen würden am Ende des Schultages stattfinden, und Freya hatte viel geübt. Sie hatte vor dem Spiegel gestanden und ihre Rede gefühlt tausendmal aufgesagt. Sie hatte sich dabei sogar mit ihrem Handy gefilmt und das Video Lin geschickt, die wiederum ein Video zurückgeschickt hatte, in dem sie Freyas Rede lobte. Freya wollte es wirklich durchziehen. Es war albern, vor etwas so Einfachem Angst zu haben. Außerdem würde das vielleicht die Meinung der Schule über AGs ändern. Vielleicht würde Freya etwas bewirken können. Sie mischte ihre Karteikarten, die Pappe wellte sich in ihren feuchten Händen.

Doch als sie daran dachte, wie sie vor der Klasse stand, zog sich ihre Brust zusammen. Sie konnte kaum atmen. Sie drückte ihre Fingernägel in die Handflächen und nahm einen tiefen, stählenden Atemzug. Vor ihren Augen tanzte ein verschwommener Punkt. Also setzte sie sich aufs Bett, während ihr ein Kloß in der Kehle aufstieg. Mit den Handrücken wischte sie sich grob über die Augen und ging nach unten in die Küche, wo Granny Kate energisch eine Pfanne Würstchen würzte.

»Granny Kate, ich glaube, ich kann heute nicht zur Schule gehen. Ich fühle mich nicht gut.« Das war genau genommen keine Lüge.

Granny Kate drehte sich, mit dem Pfannenwender unter den Arm geklemmt, um und sah sich Freya genau an. »Oh Süße, du siehst schrecklich aus.«

Freya warf einen Blick in den Spiegel. Sie sah wirklich schrecklich aus: das Gesicht blass und fleckig, ihre Augen klein und rot.

»Ich rufe in der Schule an. Geh wieder ins Bett.« Granny Kate drehte sich wieder um und schwenkte die Pfanne einmal. Dann spitzte sie die Lippen. »Ein Würstchensandwich ist wahrscheinlich nicht gut, wenn du dich unwohl fühlst. Ich stelle sie in den Kühlschrank und mache dir Toast.«

Beim Geruch der brutzelnden Würstchen knurrte Freyas Magen wie wild. »Nein, wohl nicht«, sagte sie elend. »Danke.«

Sie ging zurück auf ihr Zimmer, schlüpfte in bequeme Kleidung und zog sich die Bettdecke über den Kopf. Sie schniefte, und ihr Gesicht wurde in der Deckenhöhle ganz feucht. Sie wusste nicht einmal genau, warum sie überhaupt weinte. Jetzt, wo sie die Präsentation nicht würde halten müssen, sollte ihr ein Stein vom Herzen fallen. Doch anstatt sich zu freuen, fühlte sie sich platt und traurig. Als Granny Kate auf Zehenspitzen ins Zimmer kam, blieb Freya unter der Decke. Nachdem ihre Großmutter wenige Augenblicke später wieder gegangen war und leise die Tür geschlossen hatte, spähte Freya unter der Decke hervor. Auf ihrem Tisch stand ein Teller mit gebuttertem Toast und eine riesige Tasse Tee.

Freya kletterte mitsamt Decke aus dem Bett und trottete zum Tisch. Ihre Karteikarten lagen ordentlich darauf, bereit, in die Schultasche gesteckt zu werden. Sie zerriss eine von ihnen in winzige Stücke und hoffte, dass sie sich dadurch besser fühlen würde, aber so war es nicht. Die restlichen Karten knüllte sie zusammen und warf sie in den Mülleimer. Dann knabberte sie niedergeschlagen an der Ecke des Toasts. Sie nahm sich ihre Rätselkiste und setzte sie auf eine neue und interessante Weise zusammen. Der Rätsel liebende Teil ihres Gehirns freute sich und schob das elende Gefühl in ihr ein kleines bisschen fort.

***

Gegen Mittag klopfte Granny Kate leise an ihre Tür.

»Wie fühlst du dich, Süße?«, fragte sie, durchquerte das Zimmer und setzte sich auf die Bettkante.

Freya zog sich die Decke bis zur Nase. »Okay. Weiß nicht. Immer noch irgendwie schlecht.«

»Ich muss ein paar Dinge in der Stadt erledigen. Kommst du circa eine Stunde alleine klar?«

»Ja, kein Problem. Ich schlafe einfach noch ein bisschen.«

»Das klingt nach einem guten Plan. Brauchst du eine Schüssel oder etwas anderes?«

Freya verzog das Gesicht. »Nein. Mir ist nicht schlecht.«

»Okay, Liebes. Ich beeile mich. Schreib, wenn du was brauchst.«

Freyas Handy lag auf ihrem Tisch. Sie hatte das Vibrieren die ganze Zeit über gekonnt ignoriert. Granny Kate strich mit einer kühlen Hand über Freyas Stirn und verließ dann leise das Zimmer. Freya wartete, bis sie das Klicken der Eingangstür hörte, zählte bis zehn, dann noch einmal, um ganz sicherzugehen, und warf dann die Decke von sich. Sie war am Verhungern.

Nachdem sie den ganzen Vormittag unter der Decke verbracht hatte, fühlte sich die Luft eiskalt an, also zog sie sich einen flauschigen Pullover über den Kopf und ging in die Küche. Dort machte sie sich einen Sandwichturm aus Käse und Schinken und stopfte sich das erste Dreieck mit einem Bissen in den Mund. Sie pflückte sich einen Haufen Weintrauben ab, goss sich ein Glas Schokoladenmilch ein und nahm sich obendrein noch drei Ingwerkekse. Das Festessen nahm sie mit in das Frühstückszimmer, um es dort genüsslich zu verspeisen. Sie liebte das kleine Zimmer, hatte seit Ms Oleanders Ankunft allerdings nicht mehr dort gegessen.

Doch heute war es sicher. Freya hatte gehört, wie Ms Oleander früh am Morgen gegangen war. Eigentlich schien sie kaum Zeit in der Pension zu verbringen, und Freya hatte sie auch in der Stadt oder am Strand nicht gesehen. Der einziger Ort, an dem sie Ms Oleander entdeckt hatte, war vor dem Rathaus gewesen. Sie fragte sich, ob Ms Oleander sich immer dorthin schlich, um dem Bürgermeister heimlich ins Ohr zu flüstern.

Sir Lancelot trippelte ins Frühstückszimmer und sprang auf Freyas Schoß, was ihr den Atem nahm.

»Uff«, sagte Freya, während sie ihn auf ihren Knien zurechtschob. »Wir müssen aufhören, dir so viel Futter zu geben. Eine normale Katze ist nicht so gigantisch. Es ist, als wärst du teils Katze, teils Stegosaurus.«

Sir Lancelot sah zu ihr auf und miaute mitleiderregend. Seufzend gab Freya ihm ein Stück Schinken von ihrem Sandwich. Der Kater kuschelte sich bequem an ihren Bauch und schnurrte glücklich.

Die Eingangstür wurde rüttelnd geöffnet, und Freya schreckte auf. Sie hatte Granny Kate nicht so bald zurück erwartet. Freya war sich nicht sicher, ob ihre Großmutter allzu erfreut wäre, sie vor den Resten ihres Festmahls sitzen zu sehen, wo sie doch zu krank für die Schule sein sollte. Sie drückte ihre Zunge an den Gaumen, während sie den klackernden Schritten lauschte, die in ihre Richtung kamen. Doch die Tür zum Frühstückszimmer blieb geschlossen. Die Schritte zogen vorbei und wurden auf der Treppe nach unten immer leiser.

Freya runzelte die Stirn. Was suchte Granny Kate denn im Keller? Einen Moment lang stand sie unentschlossen vor der Tür. Wenn ihre Großmutter im Keller blieb, würde Freya es in ihr Zimmer schaffen, ohne erwischt zu werden.

Sehr langsam öffnete sie die Tür und spähte in den Flur. Keine Spur von Granny Kate. Auf Zehenspitzen schlich Freya zur Treppe und zuckte bei jedem knarzenden Schritt auf dem alten Holzboden zusammen. Als sie die Treppe dann erreicht hatte, lugte sie über das Geländer, um zu sehen, ob die Luft rein war.

Sie erstarrte. Das war nicht Granny Kate im Keller. Sondern Ms Oleander. Ihr langer grüner Mantel hing wie ein Geist über dem Geländer, und sie hatte die Ärmel ihrer Bluse bis zu den Ellbogen hochgeschoben. Die Luft anhaltend, beobachtete Freya Ms Oleander dabei, wie sie durch den Keller wanderte, umgeben vom gelben Licht einer Lampe. Sie bewegte die Lippen, als würde sie ihre Schritte zählen. Dann beleuchtete sie die Falltür im Boden des Kellers und zog scharf die Luft ein. Freya wusste nicht, was Ms Oleander nur da unten suchen konnte. Granny Kate nutzte den Keller größtenteils zum Lagern von Weihnachtsdekoration und kaputten Möbelstücken. Freyas Herz raste, während sie zusah, wie Ms Oleander nach dem Ring an der Falltür griff.

Sowohl Freya als auch Ms Oleander schraken auf, als die Eingangstür erneut rüttelnd aufgemacht wurde. Freya sprang hinter das Geländer, als Ms Oleanders Blick heraufschoss. Schnell lief sie hinter den Empfangstisch und kauerte sich hin. Als Ms Oleander an ihr vorbeiging, hielt sie die Luft an und war sich sicher, dass das Hämmern ihres Herzens sie verraten würde. Als Ms Oleanders Schritte sich entfernten, spähte Freya über den Empfangstisch. Lin stand in der Tür, zog sich die Handschuhe von den Händen und warf einen nach dem anderen nach Freya.

»Ich wusste es!«, sagte sie. »Ich habe dir was von Mums magischer Suppe gebracht, du große *Simulantin*.«

»Ich simuliere nicht. Ich bin wirklich krank«, krächzte Freya.

Lin hob eine Augenbraue. »Ach komm, du klingst wie eine viktorianische Lady, die an Schwermut stirbt.«

Freya seufzte. »Dafür haben wir keine Zeit. Komm mit.«

Bevor Lin protestieren konnte, packte Freya sie am Arm und zog sie in ihr Zimmer. Leise schloss sie die Tür, drückte sich einen Finger an die Lippen und blickte gezielt zum Lüftungsschlitz in der Wand. Leises Murmeln war zu hören.

»Ist das …?«, fragte Lin.

Triumphierend nickte Freya. »Ich habe sie gerade dabei erwischt, wie sie in unserem Keller herumschlich. Ich habe dir doch *gesagt*, dass sie was im Schilde führt.«

Man konnte kaum verstehen, was Ms Oleander sagte.

»Klingt, als würde sie in einem Brunnen sitzen«, sagte Lin.

Freya stupste sie an. »Wenn du aufhörst zu reden, hören wir sie vielleicht besser.«

Lin streckte ihr die Zunge raus, schwieg aber und drückte das Ohr an die Wand. Gesprächsfetzen drangen zu den zwei Mädchen herab.

»… Gelegenheit zur Entwicklung … verstecktes Juwel … echtes Potenzial …«

»Ich höre niemanden sonst«, flüsterte Freya. »Sie muss telefonieren.«

»Hervorragende Schlussfolgerung«, sagte Lin. »Du könntest Detektivin sein.«

Freya verzog das Gesicht, bevor sie das Ohr wieder an die Lüftung drückte. Sie runzelte die Stirn. Etwas an der Art, wie Ms Oleander sprach, kam ihr bekannt vor. Etwas am Tonfall ihrer Stimme. Freyas Augenbrauen schossen in die Höhe, als sie hörte, wie Ms Oleander über ein Wort stolperte, kurz schwieg und den Satz dann wiederholte.

»Es ist eine Präsentation«, zischte Freya. »Sie übt eine Präsentation! Deshalb spricht sie so leise – sie redet gar nicht mit einer anderen Person.«

Lin legte sich eine Hand ans Ohr und nickte Freya aufgeregt zu. »Okay, das war jetzt *wirklich* gute Detektivarbeit.«

Sie schwiegen, um Ms Oleanders schwache Stimme besser hören zu können. Jetzt, da Freya erkannt hatte, dass es sich um eine Präsentation handelte, war der Rhythmus unverkennbar. Sie fragte sich, ob Ms Oleander wohl nervös war.

»… und darum geht es bei der Stadtversammlung heute …«

Freyas Augen leuchteten auf. Sie griff nach Lins Hand. »Sieht so aus, als würden wir heute Abend zur Stadtversammlung gehen.«

»Da wären wir sowieso hingegangen«, sagte Lin. »Wir unterstützen Mei bei ihrem Algen-Ding.«

»Das«, sagte Freya, »ist nicht der springende Punkt.«

SECHS

Das Rathaus war beeindruckend, groß und elegant stand es zwischen dem Hauptteil der Stadt und der baufälligen Promenade, an der Freya lebte. Es war Hunderte von Jahren alt und sah aus wie ein alter Gerichtshof. Edge war voll von solchen Gebäuden, die auf irgendein *Früher* zurückgingen, das Freya sich kaum vorstellen konnte. Die Kirche. Die Bibliothek. Der Leuchtturm. In einer moderneren Stadt hätten sie vielleicht fehl am Platz gewirkt, aber in Edge waren sie das Herz der Stadt. Freya dachte sich immer, dass Edge so wirkte, als würde es in seiner ganz eigenen Zeit existieren, eben ein wenig anders als die Welt darum herum.

Die Stadtversammlung war gut besucht, die Erwachsenen drängten sich in den Reihen der morschen Holzstühle um einen Platz. Irgendwie war es gleichzeitig zu heiß und zu kalt, die Leute schwitzten in ihren feuchten Wintermänteln und zitterten im Wind, der durch die alten Sandsteinmauern kroch. Das Geschnatter hallte durch den riesigen Raum, wodurch alles merkwürdig klang. Es erinnerte Freya an die Geräusche, die aus den Höhlen am Strand drangen. Sie erschauderte und verdrängte den Gedanken.

Sie reckte den Hals, um nach Ms Oleander Ausschau zu halten, aber es gab keine Spur von ihr. Sie wurde das Gefühl nicht los, dass gleich etwas Großes passieren würde. Ihr Bein hüpfte nervös auf und ab, und sie schlug die Hände darüber, um es zu stoppen.

Der Lärm ließ nach, als der Stadtrat hereinkam. Er bestand aus zehn Personen aus verschiedenen Bereichen der Stadt: ein Lehrer, eine Polizeibeamtin, ein Geschäftsinhaber und einige Eltern. Sie nahmen am vorderen Ende des Raumes auf Stühlen Platz, die um einiges bequemer aussahen als die aller anderen Anwesenden. Sie saßen auf einer Seite eines langen Holztisches, schoben Zettel herum und setzten ihre besten ernsten Mienen auf. Fast hätte Freya deshalb gekichert, doch sie biss sich von innen auf die Lippen, um den Drang zu unterdrücken. Der Bürgermeister trat als Letztes ein, seine schwere zeremonielle Kette hüpfte vor seiner Brust auf und ab. Er zog seinen Stuhl mit einem Kratzen heraus, das Freya die Zähne zusammenbeißen ließ, und rief zur Ordnung auf.

Zuerst war es irgendwie aufregend, schließlich wurden genau hier die großen Entscheidungen getroffen. Freya fühlte sich so erwachsen und nickte ernst mit, egal ob sie überhaupt verstand, was gerade gesagt wurde. Mei sprach deutlich und selbstbewusst, als sie die Briefe präsentierte, die sie wegen der Verschmutzung des Strandes gesammelt hatte. Stolz erfüllte Freya, während sie der Schwester ihrer Freundin dabei zusah, wie diese zum Rat sprach. Nachdem Mei fertig war, verlor das Ganze allerdings seinen

Glanz. Freya hatte einen wackeligen Stuhl erwischt, weshalb sie jedes Mal einen vernichtenden Blick von Granny Kate erntete, wenn das Stuhlbein auf den Steinboden stieß.

Es war schlimmer als die Schulversammlungen. Je länger sie dort saß, desto sicherer wurde sie sich, dass ihre Schulleiterin so ein Verhalten in ihren Versammlungen nicht dulden würde. Die Erwachsenen redeten alle gleichzeitig. Sie überzogen ihre Redezeit bei weitem. Die meisten Gespräche arteten in der Art von Gezanke aus, für das Freya und ihre Klassenkameraden ständig Ärger bekamen. Und die meisten Leute hatten gar keine richtige Frage, sie hielten eher ausgiebige Monologe darüber, dass in »der guten alten Zeit« alles besser gewesen war – wann auch immer das gewesen sein sollte. Granny Kate schnalzte jedes Mal leise, wenn diese Worte fielen, und Freya biss sich von innen auf die Lippen. Als jemand, der am Anfang seines Lebens ohne Toilette im Haus auskommen musste, hatte Granny Kate den Leuten, die sich nach der guten alten Zeit sehnten, einiges zu sagen.

Zu dem Zeitpunkt, als ein vertrauter Grünton am vorderen Ende der Halle erschien, war Freya mit den Gedanken schon ganz woanders. Stechende Angst traf sie in die Brust, und sie war wieder voll bei der Sache.

»Das ist Ms Oleander«, flüsterte sie Granny Kate zu.

Diese wies sie leise zum Schweigen an. Ms Oleander stand auf einer Seite des Rates und nickte dem Bürgermeister kurz zu.

Dieser räusperte sich. »Und nun kommen wir zum letzten Punkt auf der Tagesordnung. Ms Vivien Oleander hat einen Vorschlag zur baulichen Neugestaltung der Promenade.«

Freya runzelte die Stirn. Was sollte das heißen? Ein Murmeln ging durch den Raum, als Ms Oleander vor die Versammlung trat. Sie holte einen schmalen Laptop aus ihrer Tasche und sah den Bürgermeister erwartungsvoll an.

»Ach ja.« Er zog an einem Seil, das von der Decke hing, wodurch sich eine fleckige Projektionswand entrollte und einen Regen an Staub und Spinnfäden auf den Rest des Stadtrates freisetzte.

Mit einem angewiderten Blick sprang Ms Oleander nach hinten. Sie klopfte ihren grünen Mantel ab und steckte ihren Laptop in den surrenden Projektor ein. Ein blasses Bild der Küste flackerte auf. Der Bürgermeister trat vor und schlug einmal auf den Projektor, wodurch das Bild schärfer wurde.

Ms Oleander wandte sich mit ihrem strahlenden Lächeln an das wartende Publikum. »Vielen Dank Ihnen allen, dafür, dass Sie mich in Ihrer Stadt so herzlich willkommen heißen und mir heute Abend Ihre Zeit und Aufmerksamkeit schenken. Ich habe einen aufregenden Vorschlag für Sie, der der Stadt Edge eine einmalige Gelegenheit bietet.« Ms Oleander zeigte auf das Foto hinter sich. »Die Promenade könnte der Pfeiler dieser Stadt sein. Sie ist vom Stadtzentrum bequem zu Fuß zu erreichen und bietet einen unvergleichlichen Blick aufs Meer.«

Stolz lächelte Freya auf das Foto. Sie hatte schon immer gefunden, dass die Promenade genauso schön war wie die Sandstrände auf der anderen Seite der Stadt. Die uralte Fotokabine. Der Second-Hand-Buchladen. Die Spielmeile. Die Anlegestelle mit seinem Donut-Stand und dem wilden Durcheinander. Und in der Mitte saß die Pension, gestrichen in sanften Pastelltönen aus Rosa und Grün. Freya konnte auf dem Foto sogar ihr Zimmerfenster sehen. Es war quasi, als wäre sie berühmt.

»Nur momentan entfaltet sie nicht ihr volles Potenzial.« Ms Oleander hielt eine Hand hoch, als hätte sie jemand unterbrechen wollen. »Ja, sie hat ihren Charme. Natürlich. Aber sie ist größtenteils unbeliebt, rückständig und erstickt an veralteten und heruntergekommenen Geschäften, die nur ein paar Monate im Jahr Profit abwerfen.«

Das Publikum sog scharf die Luft ein. Kalte Wut durchflutete Freya. Granny Kates Finger verkrampften sich so stark an ihrem Bein, dass die Knöchel ganz weiß waren. Ihr Gesicht war kreidebleich, ihr Make-up zeichnete sich in scharlachroten Streifen darauf ab. Die Mitglieder des Stadtrats rutschten auf ihren Stühlen herum und hielten die Blicke auf den Boden gerichtet.

Ms Oleanders Lächeln wurde breiter. »Dieser Ort verdient die Beachtung von jemandem, der sein Potenzial sehen kann. Jemand, der möchte, dass er wächst und gedeiht.«

»Jemand wie Sie?«, kam es von hinten.

Ihr Blick funkelte. »Ganz genau. Jemand wie ich.«

Mit einem Klick auf ihre Maus änderte sich das Bild. Freya brauchte einen Moment, um zu verstehen, was sie da sah. Es war wieder die Promenade, aber sie war kaum wiederzuerkennen. Die krummen Holzplanken waren durch einen Fluss aus glattem Asphalt ersetzt worden. Die sanften Pastellfarben und baufälligen Gebäude waren verschwunden, und an ihrer Stelle standen Strukturen, die Freya kaum als Gebäude bezeichnen würde. Glatte Vierecke aus Stahl und Glas, die eher nach Eiswürfeln aussahen. Die Anlegestelle war ganz verschwunden.

»Was soll das sein?« Freya erkannte Meis Stimme.

Ms Oleanders Lächeln ließ nicht nach. »Die Zukunft der Küste. Luxuriöse Wohn- und Geschäftsräume.«

»Und was soll das genau heißen?«, rief Mei.

»Schicke Häuser und teure Läden«, rief jemand anderes.

»Es gibt schon Häuser und Läden an der Promenade. Sehr schöne.«

Ms Oleander strich ihren Mantel glatt. »Es ist toll, dass junge Menschen sich so in die örtliche Politik einbringen, aber vielleicht sollten wir jetzt den Erwachsenen den Raum geben. Vielleicht möchten die Ratsmitglieder etwas zu meinem Vorschlag sagen?«

»Mei hat eine berechtigte Frage gestellt«, ertönte eine weitere Stimme. Freya sah sich in der Menge um und erkannte den gemusterten Hijab ihrer Schulleiterin Ms Hanan. »Was passiert mit den Leuten, die bereits dort leben und arbeiten?«

»Die sind herzlich eingeladen, Räume auf der neuen Promenade anzumieten oder zu kaufen. Zu den neuen Preisen, versteht sich.«

Freya wäre beinahe aus dem Stuhl gefallen, als Granny Kate neben ihr aufstand. »Ich kenne nicht eine Person auf dieser Promenade, die sich höhere Kosten leisten könnte.« Ihre Stimme klang ruhig, doch ihre Hände zitterten.

Ms Oleander warf dem Bürgermeister einen bedeutenden Blick zu.

Dieser räusperte sich und nickte ins Publikum. »Vielleicht sollten wir unsere Aufmerksamkeit wieder Ms Oleanders Präsentation widmen und weitere Fragen auf das Ende verschieben.«

Ms Oleander wandte sich wieder der Leinwand zu.

Es war ein Klappern zu hören, als Mei auf ihren Stuhl kletterte. Harpreet war nur einen Augenblick langsamer.

»Unsere Stadt steht nicht zum Verkauf!«, brüllte sie. »Nicht zum Verkauf! Nicht zum Verkauf!«

Freya sah, wie Lin ebenfalls auf ihren Stuhl stieg und mitmachte. Sie blickte sich zu den Erwachsenen um und erwartete, dass sie es Mei gleichtaten, aber die meisten schauten nur unbehaglich drein. *Steht auf*, sagte Freya in Gedanken, halb zu allen anderen im Raum, halb zu sich selbst. *Das ist wichtig, steh auf.* Ihr Mund war völlig trocken. Schweiß bedeckte ihre Handflächen. Ms Oleanders breites Lächeln wirkte, als könnte es gleich in sich zusammenfallen. Freya leckte sich über die Lippen und wollte gerade aufstehen.

Da ließ der Bürgermeister seinen Richterhammer laut auf den Tisch aufschlagen. Freya setzte sich wieder, aber Mei, Harpreet und Lin riefen weiter.

»Das hier ist eine zivilisierte Versammlung! Dieses Gebrüll dulde ich nicht!«, rief er.

Mei wurde von ihrem Stuhl und aus dem Raum gezogen, genau wie Harpreet und Lin. Freya hörte die Proteste ihrer Großmutter kaum, als sie aufstand und ihnen nachlief.

SIEBEN

»Das können sie doch nicht einfach machen«, sagte Freya und blickte in die niedergeschlagenen Gesichter ihrer Freundinnen.

Sie hatten es sich in den Teezimmern auf der Hauptstraße von Edge gemütlich gemacht und waren dabei, ihre Sorgen in Schokoladeneclairs zu begraben. Das Teezimmer bestand aus einer überschäumenden Menge an Rosa, Spitze und rosafarbener Spitze. Die Wände waren rosa. Die Tischdecken waren rosa. Die Tassen und Untertassen waren rosa. Die Vorhänge bestanden aus gemusterter Gaze, wie sie alte Damen vor ihren Fenstern hängen hatten, um hindurchspähen zu können. Bei dem Anblick allein juckte es Freya überall. Aber hier gab es die größten Kuchenstücke der Stadt, und zwar zu einem Preis, bei dem sich vier Schülerinnen gemeinsam einen Teller voller Gebäck leisten konnten, wenn sie ihr Erspartes zusammenkratzten. Freya war beinahe zu aufgebracht, um zu essen, doch sie gab ihr Bestes und aß ein cremiges Eclair und dann noch eins. Niedergeschlagen goss Mei allen Tee ein.

Dann schüttelte sie den Kopf. »Das passiert in Großstädten ständig. Jemand kauft ein großes Stück Land, baut irgendeinen Glaskasten darauf und schmeißt alle raus, denen es nicht gefällt.«

Harpreet legte eine Hand auf Meis. Mei seufzte schwer und häufte sich Zucker in den Tee.

»Das erklärt dann wohl auch, warum sie in eurem Keller herumgewühlt hat«, sagte Lin.

Freya runzelte die Stirn. »Vermutlich«, sagte sie, obwohl es immer weniger Sinn ergab, je länger sie darüber nachdachte. »Aber warum durchsucht man ein Gebäude, das man abreißen möchte?«

Das laut auszusprechen, verursachte ein seltsames Gefühl in Freyas Brust, und einen Moment lang glaubte sie, gleich in Tränen auszubrechen. Sie schluckte schwer und steckte einen Finger durch das Spitzendeckchen auf ihrem Tisch.

Lin legte eine Hand auf Freyas. »Das werden wir nicht zulassen«, sagte sie.

»Das Thema wird dem Stadtrat zur Abstimmung vorgelegt«, sagte Harpreet. »Dort wird entschieden, ob sie den Vorschlag annehmen.«

»Wahrscheinlich hat sie die Mitglieder schon in der Tasche. Sie würde es nicht bei der Versammlung vorstellen, wenn sie nicht schon mit einer Zusage rechnen würde.«

Stille legte sich über den Tisch. Freya starrte aus dem Fenster und beobachtete, wie der Schneeregen sich auf dem Glas verteilte.

»Was sollen wir also tun?«, fragte Lin.

Mei zuckte mit den Schultern. »Keine Ahnung. Wenn sie den Rat schon in der Tasche hat ...«

Lin verdrehte die Augen. »Komm schon, Mei. Ist das nicht total dein Ding? Mehr Macht dem Volk und so?«

Freya nickte. »Lin hat recht. Der Stadtrat kann nicht alle Entscheidungen alleine treffen. Und ich wette, wir sind gerade nicht die einzigen wütenden Leute in Edge. Also was tun wir?«

Nachdenklich saugte Mei an ihrem Teelöffel. »Ich schätze, wir könnten eine Petition ins Leben rufen und sie dem Rat vorlegen.«

»Juhu, eine Petition!«, sagte Freya. »Wie stellen wir das an?«

Harpreet schnaubte.

Mei sah sie an. »Was ist so lustig?«

Da kicherte Harpreet. »Sie werden nur so schnell groß, das ist alles.«

Nun lachte Mei.

Lin verschränkte die Arme. »Wir sind keine *Babys*.«

Mei winkte ab. »Nein, das wissen wir. Es ist nur schön. Baby-Aktivistinnen.« Sie sah Lins Gesichtsausdruck. »Äh, ich meine, kleine Aktivistinnen. Kleiner als wir eben.«

»Jedenfalls ...«, sagte Harpreet.

»*Jedenfalls*«, sagte Mei, »hast du recht. Die letzte Entscheidung liegt zwar beim Stadtrat, allerdings sollen sie die Stadt vertreten. Sie können auch nicht einfach tun, was sie wollen. Bei einer Petition sammelt man Unterschriften als Unterstützung einer Stellungnahme, die eine machthabende Person in Betracht ziehen sollte.« Sie holte einen Notizblock heraus. »Ich kann etwas schreiben und einen Haufen Kopien anfertigen. Dann reden wir mit den Leuten darüber und überreden sie dazu, zu unterschreiben, wenn sie unserer Meinung sind.«

Freyas Handflächen wurden ganz feucht. »Mit Menschen reden?«

Ungeduldig blickte Mei auf. »Natürlich. Wie willst du sie sonst dazu bekommen zu unterschreiben?«

»Keine Ahnung. Können wir nicht einfach Briefe verschicken?«

Mei schüttelte den Kopf. »Auf keinen Fall. Du musst die Leute konfrontieren und sie überzeugen. So machst du es ihnen möglichst schwer, dich zu ignorieren. Wenn du es per Brief machst, schmeißen die meisten ihn einfach weg.«

Lin stieß Freya mit der Schulter an. »Keine Sorge. Wir machen das zusammen.«

Freya schenkte ihr ein schwaches Lächeln und schob ihren Stuhl zurück. Sie zog sich ihren Mantel über, während ihr bei dem Gedanken daran, Ms Oleander wiedersehen zu müssen, ganz mulmig im Magen wurde. Lin, die anscheinend ihre Gedanken erriet, drückte ihr auf dem Weg nach draußen ermutigend den Arm. Sie trennten sich voneinander, als Lin Schwierigkeiten hatte, ihre gigantische Steppjacke zuzumachen. Im Reißverschluss hatte sich ein Stück ihres Cardigans verfangen, und je wütender Lin daran zog, desto mehr steckte er fest.

Freya drehte sich weg, damit Lin ihr Kichern nicht mitbekam. Das warme Licht des Teezimmers ließ den dunklen Abend noch kälter erscheinen. Sie pustete sich in die Hände und trampelte mit den Füßen. Die gemütliche Bäckerei auf der gegenüberliegenden Straßenseite wirkte sehr weit entfernt, und die dunklen Schatten dazwischen schienen noch dunkler zu werden. Sie schrak auf, als sich in der Gasse daneben ein Schatten regte. Eine schmale Gestalt schlich auf die Tür zu, und Freya spürte, wie sich Gänsehaut bei ihr ausbreitete. Es war ein Junge. Er war blass, hatte karottenrotes Haar und trug einen Mantel, der in diesem Wetter so ziemlich nutzlos war. Selbst aus der Entfernung wirkte es, als hätte er sich länger nicht das Gesicht gewaschen. Freya runzelte die Stirn. Sie war sich sehr sicher, dass er nicht auf ihre Schule ging, allerdings hatte sie das Gefühl, ihn zu kennen, als hätte sie ihn schon einmal irgendwo gesehen. Eine Frau kam aus der Bäckerei gerauscht und rang mit ihren Papiertüten, während sie mit einem riesigen Regenschirm kämpfte. Der Junge lief auf sie zu und stieß gegen sie. Sie verlor schreiend das Gleichgewicht und packte den Regenschirm, wodurch die beiden Papiertüten herunterfielen. Mit einer geschmeidigen Bewegung schnappte sich der Junge die Tüten, drehte sich um und rannte los.

»Hey!«, rief Freya.

Instinktiv drehte er sich zu ihr um, und als sein dunkler Blick auf ihren traf, erinnerte sie sich plötzlich daran, wo sie ihn schon einmal gesehen hatte. Es war der Junge, der sie in der Nacht angestarrt hatte, als sie Ms Oleander beim Rathaus gesehen hatte. Da war sie ganz sicher.

Der Junge erholte sich schneller als Freya und verschwand in der Gasse.

Freya lief ihm nach.

»Was zum –«, rief Lin und eilte ihr hinterher. »Warum läufst du?«

Freya stürmte auf die Strandpromenade hinaus und ruderte mit den Armen, um nicht kopfüber im Sand zu landen. Der Strand lag fast vollständig im Dunkeln. Der Junge war nirgendwo zu sehen. Freya spitzte die Ohren, um nach Schritten zu lauschen, aber das Einzige, was sie hören konnte, war der klagende Gesang der Höhlen. Doch dieser wurde schnell übertönt, als Lin sie einholte und ihr Atem in wilden Wolken aus ihr herausquoll.

»Also vielen Dank für die ungeplante Trainingseinheit«, sagte sie. »Allerdings bin ich mir nicht sicher, ob wir dafür passend angezogen sind.«

»Hast du diesen Jungen gesehen?«, fragte Freya.

»Einen Jungen?« Lin ließ den Kopf in ihre Hände sinken. »Weißt du, wenn man davon spricht, Jungs hinterherzulaufen, ist das nicht wörtlich gemeint.«

Freya schubste sie leicht. »Ich bin ihm nicht hinterhergelaufen. Ich meine, schon. Aber nicht *so*, igitt. Er hat einer Dame vor der Bäckerei zwei Tüten voller Gebäck geklaut.«

»Oh, Glückwunsch«, sagte Lin. »Ich wusste gar nicht, dass du zur Polizeichefin ernannt wurdest.«

»Ich wollte ihn ja nicht festnehmen.«

»Na dann ist ja alles gut.«

Freya drückte Lin eine Hand auf den Mund, und beide fingen an zu kichern.

»Ich glaube, ich habe ihn schon mal gesehen. Was, wenn er mir folgt?«

Lins Mund zuckte. »Vielleicht ist er schrecklich in dich verliebt.«

»Lin, ich meine es ernst. Beim ersten Mal dachte ich, ich bilde ihn mir ein, aber diesmal habe ich ihn richtig gesehen.«

Lin sah sich auf dem leeren Strand um. »Na ja, jetzt ist hier niemand. Bist du sicher, dass …«

Freya stemmte die Hände in die Hüften. »Sicher, dass was?«

Lin hielt die Handflächen hoch. »Du weißt schon, dass deine Fantasie manchmal mit dir durchgeht.«

»Ich habe mir doch keinen Jungen *eingebildet*, der ein Gebäck klaut.«

»Ich dachte, es waren zwei Tüten mit Gebäck.«

»So war es auch.«

»Diese Geschichte verändert sich minütlich.«

Freya dachte ernsthaft darüber nach, Lin ins Meer zu schubsen. Um der Versuchung zu widerstehen, steckte sie die Hände in ihre Jackentaschen. Der Wind pfiff über die Küste und peitschte ihnen Sand ins Gesicht.

Lin rieb sich die Augen. »Falls du nicht vorhast, jemanden festzunehmen, können wir dann bitte nach Hause gehen, bevor uns die Witterung umbringt.«

ACHT

Beim Frühstück blickte Granny Kate ernst drein. Freya schob einen Löffel Müsli in ihrer Schüssel herum, bis er sich auflöste.

»Keine Sorge, Süße«, sagte Granny Kate. »Es wird schon alles gut gehen.«

Mit dem Kinn auf eine Hand gestützt, sah Freya zu ihr auf. »Du meinst, wir können vielleicht hierbleiben?«

Granny Kate verzog das Gesicht. »Nein, Süße. Wenn dem Vorschlag stattgegeben wird, müssen wir woanders hin.«

»In die Stadt?«

Für einige sehr lange Minuten schwieg Granny Kate. »Vielleicht auch außerhalb von Edge.«

Freya schrak auf und stieß dabei die Schüssel fast mit dem Ellbogen vom Tisch. »Du würdest Edge verlassen?«

»Wenn wir keine andere Wahl hätten.« Granny Kate setzte ein tapferes Lächeln auf. »Aber vielleicht wäre das auch aufregend. Ein neues Abenteuer.«

»Ich will kein neues Abenteuer! Ich mag dieses hier. Was ist mit der Schule? Und meinen Freunden?«

»Ich weiß, es ist schwer, Freya«, sagte Granny Kate. »Ich möchte auch nicht gehen. Aber es gibt auch an anderen Orten Schulen. Und du würdest schnell neue Freunde finden.«

»Ich mag meine jetzigen Freunde«, brüllte Freya. Sie wusste, dass sie unfair war, dass Granny Kate keine Schuld traf, aber sie war so aufgebracht, dass es ihr egal war. »Unser ganzes Leben ist hier. Du bist hier aufgewachsen. Mum und Dad sind hier aufgewachsen.«

Eine drückende Stimmung breitete sich zwischen ihnen aus, die schließlich vom Knarzen der oberen Treppenstufen unterbrochen wurde.

»Sie wird in einer Minute unten sein«, sagte Granny Kate leise. »An deiner Stelle würde ich mich vom Acker machen.«

Damit verließ Granny Kate das Frühstückszimmer und ließ Freya schäumend zurück. Sie sollte verschwinden. Ms Oleander wollte sie nicht unbedingt begegnen. Außerdem war heute schulfrei, da die Kinder als Teil der Bürgerschaftswoche in der Gemeinde aushelfen sollten. Freya, Lin, Mei und Harpreet wollten den Tag nutzen, um mit dem Sammeln der Unterschriften anzufangen. Und sie wollte nicht, dass Ms Oleander davon Wind bekam. Sie ging auf die Tür zu, blieb aber stehen, als sie die Stimme ihrer Großmutter hörte. Mit angehaltenem Atem spähte sie durch den Türspalt.

»Ich hoffe, Sie verstehen, dass es nichts Persönliches ist«, sagte Ms Oleander gerade. »Die Pension ist entzückend. Nur eben –«

»Veraltet und heruntergekommen«, beendete Granny Kate.

Wenigstens hatte Ms Oleander so viel Anstand, verlegen auszusehen. »Verkaufsmasche. Alles muss übertrieben klingen. Ich würde mich freuen, wenn Sie es in Betracht zögen, hierzubleiben und ein Geschäft auf der neuen Promenade zu eröffnen.«

»Dafür fehlen mir sowohl das Geld als auch die Absicht«, entgegnete Granny Kate. »Die alte Promenade hat Charakter. Da passt meine Pension rein.«

»Nun, ich schätze, alles Gute muss ein Ende haben«, sagte Ms Oleander mit einem blendenden Lächeln.

Mit einem genauso strahlenden Lächeln erwiderte Granny Kate: »Das stimmt wohl. Aber noch ist es nicht vorbei.«

Ms Oleanders Blick verfinsterte sich. Jetzt erinnerte sie Freya mehr denn je an ein Insekt. Ein buntes und giftiges. Freya biss die Zähne zusammen. Ihre Kopfhaut spannte vor Wut. Sie schnappte sich eine Teetasse von einem unbenutzten Tisch und schüttete den ganzen Zucker von Ms Oleanders Zuckerschüssel hinein. Dann versteckte sie die Tasse hinter einer Speisekarte. Zurück an Ms Oleanders Tisch, füllte sie die Zuckerschüssel mit Salz auf. Nachdem sie sichergegangen war, dass nichts fehl am Platz war, öffnete Freya ein Fenster, schlüpfte hinaus und machte sich hocherhobenen Hauptes in die Stadt auf.

Mei war fleißig gewesen – sie hatte eine Liste mit Geschäften aufgestellt und eine Route festgelegt, der sie folgen könnten. Sie hatte ihre Petition abgetippt und ausgedruckt, genau wie einen kurzen Text zum Ablesen. Trotzdem konnte Freya sich kaum überwinden, mit irgendjemandem zu sprechen. Sie lümmelte im Hintergrund herum und nickte energisch, während Mei und Harpreet die Führung übernahmen.

In einem Laden hatte eine Dame gefragt, was die Leute, die an der Promenade lebten, von den Plänen hielten. Und plötzlich fand Freya sich unerwartet im Rampenlicht wieder. Sie lief rot an und antwortete stotternd, wobei sie kaum noch wusste, was sie sagte. Aber die Frau unterschrieb die Petition, und Freya spürte, wie ein warmer Quell des Stolzes sich in ihr auftat.

Als es endlich Mittag war, war Freya am Verhungern. Mei führte sie zu den Teezimmern und winkte einer jungen Frau, die an einem der Tische bei den Fenstern saß.

»Wer ist das?«, flüsterte Freya.

»Keine Ahnung«, antwortete Lin. »Ich erkenne sie nicht.«

Die Frau stand auf, als sie näher kamen, und streckte Mei eine Hand entgegen. Sie hatte dunkle Locken, die zu einem Bob geschnitten waren, und ihre Fingerspitzen waren voller blauer Tintenflecken.

»Du musst Mei sein«, sagte sie lächelnd.

»Das bin ich«, sagte Mei. »Und das ist der Rest.«

»Hi, Leute«, sagte die Frau. »Ich bin Lily und Reporterin beim *Edge Chronicle*. Ich würde euch gerne zu eurer Kampagne zur Rettung der Promenade interviewen.«

Ein Interview? Nervosität machte sich in Freya breit. Davon hatte ihr niemand etwas erzählt. Aber Lins Gesichtsausdruck nach zu urteilen, hatte auch sie nichts gewusst. Eine weitere Frau kam auf sie zu, sie hatte eine Kamera um den Hals hängen und balancierte drei Teller voller warmer Toastsandwiches in den Händen.

»Und das ist Sam, meine Fotografin.«

Sam stellte die Teller auf dem Tisch ab. Mei nahm sich einen Toast und sah Sam dann überrascht an.

»Warte mal, ich kenne dich! Du bist Sam! Du bist doch die –«

»Mit dem Diamantending?«, unterbrach Sam. »Das war ich. Na ja, eher Lily eigentlich.«

»Nein!«, sagte Mei. »Also ja, logisch. Aber das wollte ich gar nicht sagen. Du hast die Kampagne mit den geschlechtsneutralen Toiletten in der Schule gestartet!«

»Oh!« Sam wirkte begeistert. »Ja, das war tatsächlich ich.«

Mei strahlte. »In meinem Freundeskreis gibt es einige, die dir dafür sehr dankbar sind, weil ihr Schulalltag dadurch viel weniger stressig geworden ist – allen voran Jaz.«

Sam zappelte ein wenig. »Ich freue mich so unglaublich, das zu hören.«

Lily lächelte. Sie fischte einen Spiralblock aus ihrer Tasche. »Also, wollt ihr mir erzählen, wie ihr auf die Idee gekommen seid, die Promenade zu retten?«

Es entstand verlegenes Schweigen. Lily klemmte sich ihren Stift hinters Ohr. »Kein Grund, nervös zu sein, versprochen. Wir stellen nur ein paar Fragen.«

Sam schnaubte. »Ich versichere euch, dass sie nicht vorhatte, so zu klingen wie eine Polizistin, bevor sie euch für einen Mord verhaftet.«

Freya hatte das Gefühl, ihr Mund wäre voller Watte. »Ich glaube, ich gehe mir mal die Kuchen ansehen«, sagte sie leise und schlüpfte von ihrem Platz, um zur Kuchenauslage bei der Kasse zu gehen.

»Oh, hallo, Freya«, sagte Aileen, die Dame, der die Teezimmer gehörten. »Wartest du auf deine Granny? Du kannst zu ihr durchgehen, wenn du möchtest.«

»Zu ihr durchgehen?«

»Sie sitzen alle im Hinterzimmer«, sagte Aileen und nickte zur Tür am anderen Ende des Cafés.

Freya sah zurück zu ihrem Tisch. Mei hielt Hof, und die Reporterin kritzelte schnell mit. Freya würde wohl nicht so schnell vermisst werden. Also ging sie zum Hinterzimmer. Als sie die Tür öffnete, schlug ihr eine Hitzewelle entgegen. In dem Raum saßen zwölf Leute an einem großen Tisch. Freya erkannte ihre Schulleiterin Ms Hanan, Lins Mutter und einige ihrer Nachbarn von der Promenade. Das Geplapper verstummte, und Freya lief rot an, als die zwölf Anwesenden sich zu ihr wandten.

»Freya«, sagte Granny Kate, die sich am Kopfende des Tisches erhob, »was machst du denn hier?«

»Was *ich* hier mache?«, fragte Freya. »Ich habe ein Toastsandwich gegessen. Was macht ihr hier?«

Die Tür öffnete sich hinter ihr, und Lin kam, gefolgt von einem Mann mit freundlichen Falten um die braunen-

Augen, herein. Lin zeigte auf ihn. »Ich habe mich gefragt, wo du hin bist«, sagte sie, »und dann habe ich Harpreets Großvater draußen herumlungern sehen. Was ist hier los?« Blinzelnd sah sie zum Tisch. »Ma? Was machst du hier?«

Harpreets Großvater trat geschmeidig vor Freya und Lin.

»Ich bin Amar Bajwa. Bin ich hier richtig für die Kampagne zum Stopp des Verkaufs der Promenade?«

»Zum was?«, fragten Freya und Lin gleichzeitig.

Granny Kate gab sich empört. »Also wirklich, du hast doch nicht geglaubt, dass ich dieser Frau gestatte, mich und meine Nachbarn kampflos aus unserem Zuhause zu vertreiben, oder?« Sie streckte Mr Bajwa eine Hand entgegen. »Kate Lawson.«

Mr Bajwa nahm Granny Kates Hand in seine beiden. »Eine Freude, Ms Lawson.«

»Kate reicht.«

»Dann Kate.«

Granny Kate wurde rot. Freya und Lin tauschten einen Blick aus. Dann räusperte sich Granny Kate leise und ging zurück zu ihrem Platz, wo sie eilig Zettel herumschob, während Mr Bajwa sich setzte. Sie zeigte auf Freya und Lin. »Na kommt, wenn ihr schon hier seid, könnt ihr euch auch setzen.«

Freya setzte sich auf einen leeren Stuhl.

»Ich habe gute Neuigkeiten«, sagte Granny Kate. »Der Stadtrat hat einem Treffen mit uns zugestimmt.«

Ein leises Murmeln ging durch den Raum.

»Die schlechte Nachricht ist allerdings«, fuhr Granny Kate fort, »dass dies schon am Samstag passieren soll. Also haben wir zwei Tage.«

»Wir werden bereit sein«, sagte Lins Mutter und stieß zur Verdeutlichung ihren Gehstock auf den Boden.

Granny Kate nickte einmal. »Das werden wir.« Sie wandte sich an Freya und Lin. »Es ist gut, dass ihr hier seid. Ich wollte euch fragen, ob ihr, Mei und Harpreet mitkommen und eure gesammelten Unterschriften mitbringt.«

Freyas Kehle ächzte, als ihr die ganze Spucke aus dem Mund entwich.

»Liebend gerne!«, rief Lin und griff nach Freyas Hand.

Freya wurde schwindelig.

Granny Kate zwinkerte ihr schnell zu. »Keine Sorge, Süße – wir werden ihnen zeigen, woraus Lawson-Frauen gemacht sind. Also gut, Leute, zwei Tage. Lasst uns die Promenade retten. Lasst uns unser Zuhause retten.«

Neun

Die zwei Tage vergingen im Nu. Sie sammelten weiter Unterschriften für ihre Petition. Granny Kate arbeitete an ihrer Präsentation. Freya hörte sie abends, wie sie auf und ab ging und ihre Rede vor sich hin murmelte. Und zu ihrem Entsetzen wurde Freya darum gebeten, über ihr Leben auf der Promenade zu sprechen.

Beim Fertigmachen für das Rathaus wurde Freya so schlecht, dass sie sich in der Dusche hinsetzen und den Kopf an die Fliesen legen musste, während das Wasser an ihr herabprasselte. Anschließend knabberte sie halbherzig an einer Scheibe Buttertoast, bekam jedoch nicht mehr als ein paar Bissen herunter. Dann klingelte das Telefon beim Empfang schrill los, wodurch sie sich verschluckte und überall Krümmel verteilte. Hustend ging sie zum Empfangstisch.

»Bright and Breezy, wie kann ich helfen?«, krächzte sie.

Als Antwort bekam sie ein Schnauben. »Mir gefällt deine ernste Telefonstimme«, sagte Lin. »Ich sollte öfter beim Empfang anrufen.«

Freya runzelte die Stirn. »Warum rufst du hier an?«

»Na ja, zuerst habe ich es auf deinem Handy versucht, aber du bist nicht rangegangen.«

Freya tastete ihre Hosentasche ab. Kein Handy. Es musste irgendwo in ihrem Zimmer sein.

»Ich wollte nur nachhören, wie es dir geht«, sagte Lin.

»Du meinst, ob ich wieder kneife?«

»Nein!«, sagte Lin. »Das habe ich gar nicht gemeint. Ich weiß nur, dass du nervös sein musst, und dachte mir, du möchtest vielleicht eine ermutigende Stimme hören.«

»Dann hättest du jemand anderen mit dem Anruf beauftragen sollen.«

Lin lachte. »Das ist die richtige Einstellung. Hast du den Artikel im *Chronicle* gesehen?«

»Granny Kate holt gerade eine Ausgabe.«

Lin lachte. »Meine Mum hat neun davon gekauft, sie schickt all meinen Tanten eine.«

»Wahrscheinlich tapeziert sie den Flur damit.«

»Mach keine Scherze darüber. Das wäre ihr absolut zuzutrauen.«

Ein leises Schnalzen hallte durch die Leitung. Dann folgte Schweigen. Freya hielt den Hörer von ihrem Ohr weg, als Lin brüllte.

»Ma! Hör auf, meine Gespräche zu belauschen! Deswegen benutzt niemand mehr das Festnetz.«

Es folgte ein Schnauben und ein Klicken.

Lin seufzte. »Diese Leitung ist nicht sicher. Mach dich fertig, wir sehen uns gleich. Du schaffst das.«

»Bis gleich«, flüsterte Freya.

Auf dem Weg in ihr Zimmer fühlten sich ihre Füße schwer wie Blei an. Sie wühlte ein ordentliches, kariertes Kleid heraus, das in ihrem Schrank hing, seitdem sie es vor zwei Jahren zu Weihnachten bekommen hatte. Es war etwas eng unter den Armen, war allerdings wohl das seriöseste Outfit, das sie besaß. Da sie es nie getragen hatte, konnte es auch keine Löcher haben, mit Kleber beschmiert oder von der sehr kurzen Zeit, bevor Granny Kate ihr den Lötkolben weggenommen hatte, angekohlt sein. Sie quetschte sich in eine kratzige Strumpfhose und zog ihre Schulschuhe an, die vorne ein paar Schrammen hatten. Also setzte sie sich aufs Bett und übermalte die verschrammten Stellen vorsichtig mit einem schwarzen Filzstift. Anschließend begutachtete sie ihre Arbeit. Die Schrammen waren kaum noch zu sehen, außer man suchte gezielt nach ihnen, und das würde der Stadtrat wohl kaum tun. Sie kämmte ihr Haar, band es zu einem hohen Pferdeschwanz zusammen und befestigte noch eine Schleife darum.

Sie sah sich im Spiegel an und schluckte schwer. Irgendwie sah sie gleichzeitig blass und fleckig aus, und ihre Augen glänzten. Sie rieb sie trotzig und nahm einen tiefen stählenden Atemzug. Dann verließ sie ihr Zimmer und schloss die Tür mit einem Klicken hinter sich. Nun war sie schon weiter gekommen als bei ihrer Schulpräsentation. Diesen Gedanken nutzte sie, um sich die Treppe hinunterzutreiben, wo Granny Kate schon auf sie wartete.

***

Der Raum, in den sie bei ihrer Ankunft im Rathaus gebracht wurden, war klein und in gedeckten, wenig inspirierenden Grün- und Grautönen gestrichen. Der Großteil davon wurde von einem riesigen runden Tisch eingenommen. Freya fiel auf, dass die Nähte an vielen der Stühle kurz vorm Platzen waren, sodass der gelbe Schaumstoff darunter zum Vorschein kam. Die Ratsmitglieder saßen an einer Seite des Tisches und lächelten ruhig. In ihrer Mitte saß der Bürgermeister mit seiner schweren zeremoniellen Kette um den Hals. Er schüttelte Granny Kate mit einem Lächeln die Hand. Freya gefiel nicht, wie aufgesetzt es wirkte. Als würde er es jeden Morgen zusammen mit seiner Krawatte anlegen.

Freya rutschte auf ihrem Stuhl herum, als zuerst Granny Kate und dann Mei sprach. Sie versuchte, sich auf ihre Worte zu konzentrieren, aber alles, woran sie denken konnte, war, dass sie in einer Minute sprechen sollte. Sie spürte bereits, wie sich ein Kloß ihn ihrer Kehle bildete, und schluckte schwer. Die engen Nähte ihres Kleides schnitten ihr in die Achseln und den Rücken, was ihr das Atmen erschwerte.

»Freya?«

Freya blickte auf und suchte in den Gesichtern der Ratsmitglieder nach der Person, die gesprochen hatte. Eine Frau lächelte sie freundlich an. Sie hatte blondes Haar, das zu einem so glänzenden Bob frisiert war, dass Freya sich fragte, ob es sich überhaupt bewegen würde, wenn man es anfasste.

»Hi, Freya. Mein Name ist Catherine.«

Freya wusste nicht, was sie darauf erwidern sollte.

Catherine fuhr fort. »Liege ich richtig in der Annahme, dass es dich nervös macht, heute mit uns zu sprechen?«

Freya nickte.

»Öffentliche Reden können sehr schwierig sein, das weiß ich. Aber das hier ist nur ein Gespräch. Du kannst nichts Falsches sagen.«

Freya zupfte an einem Stück Haut an ihrer Lippe. Ihr Blick huschte zum Rest des Rates.

Catherine schüttelte den Kopf. »Mach dir wegen ihnen keine Sorgen. Wir unterhalten uns nur. Erzähl es einfach mir. Deine Granny führt die Pension schon sehr lange, oder?«

Freya nickte wieder. »Schon ewig. Es gibt da eine Dame, die jeden Sommer mit ihrer Familie in die Pension kommt, seitdem sie ihre Flitterwochen da verbracht hat. Ich glaube, das war vor vierzig Jahren. Sie ist ziemlich alt.«

Catherine lachte. »Ähnlich wie ich. Wir haben gehört, was deine Granny von den Plänen für die Promenade hält, aber ich würde gerne deine Meinung dazu hören. Vielleicht sind wir alten Leute einfach zu festgefahren, um das Potenzial in Ms Oleanders Vorschlag zu sehen.«

Freya runzelte die Stirn. »Nein, das denke ich nicht. Nur weil etwas alt ist, heißt es nicht, dass es nicht gut ist.«

Da lachte Catherine wieder.

Freya trommelte mit den Fingern auf den Tisch. Sie hatte das Gefühl, dass sie ihre Gedanken nicht gut herüberbrachte.

»Es ist nur so, dass Edge seltsam ist«, sagte sie. »Es ist nicht wie andere Orte, nicht einmal wie andere Küstenstädte. Die Dame, die jeden Sommer zu uns kommt, sagt, es ist wie ein Ort außerhalb der Zeit. Und so ähnlich fühlt es sich auch an. Deswegen lebe ich gerne hier. Weil es sich anfühlt, als könnte jederzeit etwas Seltsames passieren. Und deshalb denke ich auch, dass man die Promenade retten sollte.« Nervös stieß sie ihre Fersen aneinander. Hinter ihr ertönte ein Knarzen, und ihre Brust zog sich vor Wut zusammen, als sie Ms Oleander hereinkommen sah. Sie zog sich einen Stuhl an den Tisch und bedachte Freya mit ihrem glänzenden Blick.

Freya schluckte schwer. »Wenn unsere Promenade genauso aussieht wie alle anderen, warum sollte dann noch jemand herkommen? Und es geht nicht nur um die Besucher. Die Promenade ist keine ›Gelegenheit‹ oder ein ›aufregendes Projekt‹, sondern mein Zuhause.«

Freya sah zu Granny Kate, deren Augen ein wenig feucht wirkten. Vielleicht war aber auch nur Freyas Brille beschlagen, ihre Großmutter weinte schließlich nie.

Die Ratsmitglieder flüsterten untereinander und tauschten Zettel aus. Der Bürgermeister räusperte sich und streckte die Hand Richtung Ms Oleander aus.

»Ms Oleander, möchten Sie noch etwas dazu erwidern?«

Ms Oleander schenkte der Gruppe ein Lächeln, dass so süß war wie Zuckerwatte – und auch genauso falsch.

»Veränderung kann Angst machen«, sagte sie. »Das verstehe ich vollkommen, und ich fühle mit dir, Freya. Aber die Tatsache bleibt, dass mein Vorschlag gut für die Stadt ist. Ohne ernsthafte Investitionen bewegt Edge sich auf eine Abwärtsspirale zu. Die Geschäfte werfen keinen Profit ab. Die Gebäude zerfallen. Die Dienstleister sind überlastet. Wenn ich die Promenade kaufen und bebauen dürfte, was könnten Sie dann alles mit dem Geld erreichen? Es tut mir sehr leid, dass die Lawsons und ihre Freunde über meine Pläne nicht erfreut sind, aber mein Angebot auszuschlagen, würde bedeuten, das Glück weniger über die Zukunft Ihrer ganzen Stadt zu stellen. Und ich denke, Herr Bürgermeister, Sie sollten es besser wissen.«

Der Bürgermeister legte die Fingerspitzen unter seinem Kinn zusammen. »Wir danken Ihnen allen sehr für Ihren Beitrag heute. Der Rat wird sich jetzt zur Besprechung zurückziehen. Sie können gerne hier auf unsere Entscheidung warten.«

Die Ratsmitglieder verließen langsam das Zimmer, und Catherine schenkte Freya noch ein warmes Lächeln, bevor sie die Tür schloss.

ZEHN

Die Stille, die den Raum erfüllte, nachdem der Rat ihn verlassen hatte, war gigantisch. Freya fühlte sich, als würde sie darin ertrinken. Sie sah in die Gesichter ihrer Familie und Freunde. Alle sahen angespannt, erschöpft und nervös aus. Ms Oleander saß absolut gefasst in ihrem Stuhl und hatte die Hände auf dem Tisch vor sich abgelegt. Sie sah aus wie jemand, der wusste, dass er gewinnen würde.

Mit einem Quietschen schob Freya ihren Stuhl zurück. Alle schraken auf.

»Ich brauche frische Luft«, sagte sie und rannte aus dem Raum, bevor jemand etwas entgegnen konnte.

Sie lief die Treppe hinunter, durchquerte die Eingangshalle des Rathauses und stürmte in die kalte Februarsonne hinaus. Dankbar atmete sie die eisige Seeluft ein, bevor sie die Straße bis zu dem Metallgeländer überquerte, das den Gehweg vom Strand darunter trennte. Ihr Blick fiel auf die hübschen pastellfarbenen Fensterläden der Pension, die in der Ferne zu sehen war. Eine junge Frau hatte Mühe, einen Kinderwagen über die unebenen Bretter der Strandpromenade zu manövrieren. Ihr Baby schrie los, als sich ein Rad in einer versunkenen Planke verkeilte und der Buggy ruckelte.

Freya spürte Lins vertraute Form neben sich.

»Alles okay?«, fragte Lin.

»Nicht wirklich«, sagte Freya. »Bei dir?«

»Nein, nicht wirklich.« Lin stupste Freya an. »Du warst großartig dadrinnen. Ich kann kaum glauben, wie toll du das gemacht hast.«

Freya lachte. »Ich dachte, ich würde mich übergeben.«

»Glückwunsch, dass du es nicht getan hast.«

Freya umklammerte das Geländer vor sich. Ein Stück Rost blätterte ab und blieb in ihrer Hand stecken. »Ich habe gerade an etwas gedacht, das Ms Oleander gesagt hat.«

Lin hob die Augenbrauen. »Also das erscheint mir wie ein Fehler.«

»Dieser Ort fällt tatsächlich auseinander. Vielleicht braucht er eine kleine Erneuerung.«

Lin schrak zurück. »Du meinst doch nicht etwa, dass der Verkauf stattfinden sollte?«

Freya schubste Lin leicht. »Nein! Natürlich nicht. Ich denke nur, dass die Stadt wirklich Geld braucht, um alles zu erneuern.«

Lin bewegte den Kopf in Richtung Rathaus. Granny Kate stand winkend am Fenster. »Ich schätze, wir werden es gleich herausfinden«, sagte Lin.

Während sie die Treppen zurück zu dem Raum nahmen, fühlte sich Freyas Magen an, als wäre er voller Schlangen. Sie setzte sich wieder auf ihren Stuhl und stocherte mit einem Finger in der gelben Schaumstoffpolsterung herum. Mei saß kerzengerade neben ihr und hatte eine Hand mit Harpreets verschlungen. Die Fingerknöchel der beiden waren weiß. Der Bürgermeister räusperte sich leise, und Freya konzentrierte sich wieder.

»Wir waren von der Qualität Ihrer Präsentation heute Morgen sehr beeindruckt. Sie haben einige wunderbare Erkenntnisse zur Gemeinde gesammelt und sie uns auf eine klare und interessante Weise vorgestellt.«

Freyas Herz flatterte aufgeregt. Das klang gut. Sehr gut sogar. Sie sah zu Catherine, die freundliche Dame mit dem blonden Bob, und lächelte sie an. Catherine aber wandte den Blick ab, und Freya spürte, wie ihr das Herz sank. Das »Aber« des Bürgermeisters hörte sie kaum noch. Der Blick hatte genügt. Sie verstand sofort, dass sie verloren hatten, und war am Boden zerstört.

»Aber«, sagte der Bürgermeister, »wir konnten heute nicht zu Ihren Gunsten entscheiden. Der Vorschlag von Ms Oleander ist einfach zu vielversprechend und hält zu viele Vorteile für die Stadt als Ganzes bereit.«

Ein aufgebrachtes Murmeln ging durch den Raum.

»Welche Vorteile denn?«, fragte Harpreet.

»Geld«, sagte Granny Kate. »Er spricht von Geld.«

Meis Kopf zuckte hoch. »Das kann doch nicht das einzig Wichtige sein. Was ist mit der Stadt?«

Der Bürgermeister schenkte ihnen einen herablassenden Blick. »Es ist für das Wohl der Stadt.«

»Wie kann es gut sein, wenn man ihr das Herz rausreißt?«, fragte Mei.

Verschwommene Punkte tanzten vor Freyas Augen. Sie drehte sich zu Granny Kate. Diese war ganz grau im Gesicht und hatte eine Hand schlaff über ihren Mund gelegt. Lins Mum stellte das genaue Gegenteil dar. Sie sah aus, als wäre sie gekocht worden, ihr Gesicht war fast lila vor Wut.

»Ich verstehe, dass dies eine Enttäuschung für Sie sein muss«, sagte der Bürgermeister.

»Das glaube ich nicht«, sagte Harpreet. »Ich glaube nicht, dass Sie irgendwas verstehen.«

Der Bürgermeister tat so, als hätte er sie gar nicht gehört. »Leider ist die Entscheidung des Stadtrats in dieser Sache endgültig. Ich hoffe, das wird Sie in Zukunft nicht davon abbringen, uns weitere Anliegen vorzutragen. Schließlich sind wir hier, um zuzuhören und Sie zu repräsentieren.«

»Bis jemand mit mehr Geld in den Taschen daherkommt«, sagte Mei.

Der Bürgermeister verzog das Gesicht, als hätte er etwas Unangenehmes gerochen. »Es tut mir leid, dass wir Ihnen nicht die Antwort geben konnten, die Sie sich gewünscht haben. Aber ich versichere Ihnen, dass wir Ihre Mühen sehr zu schätzen wissen und Ihren Fall genau abgewägt haben, bevor wir zu unserer Entscheidung gekommen sind.« Er klopfte auf den Tisch. »Der Verkauf der Promenade wird stattfinden. Alle derzeitigen Ladenbesitzer und Anwohner erhalten die Details zu den Neuerungen schriftlich. Die Verträge werden in zwei Wochen abgeschlossen.«

ELF

Am nächsten Morgen stand Freya schon um acht Uhr vor Lins Haustür. Sie hatte kaum Zeit zum Klopfen, da hatte Lin sie schon aufgezogen.

»Konntest du nicht schlafen?«, fragte Lin.

Freya schüttelte den Kopf.

»Ich auch nicht«, sagte Lin. »Komm rein.«

Freya folgte ihr in die Küche.

»Woah«, sagte sie.

Überall standen Töpfe und Behälter.

»Ma kocht, wenn sie gestresst ist«, erklärte Lin und zeigte auf das Chaos um sie herum.

»Na ja, dann hat das Ganze ja wenigstens ein Gutes«, sagte Freya.

Lin lächelte schwach über den Witz.

Ein Topf erregte Freyas Aufmerksamkeit. »Ist das magische Suppe?«

Lin lächelte. »Was sonst?«

»Und was besagen die Regeln zum Thema Suppe zum Frühstück?«

»Suppe ist immer eine gute Idee.«

Lin füllte zwei Schüsseln mit der magischen Suppe ihrer Mum, eine goldschimmernde Brühe, die versprach, alle Leiden zu heilen. Grippe? Magische Suppe. Zeh angestoßen? Magische Suppe. Streit mit einer Freundin? Magische Suppe. Freya hob die Schüssel an die Lippen und nahm einen großen Schluck. Die Suppe löschte nicht die Tatsache aus, dass sie ihr Zuhause verlieren würde, aber sie fühlte sich definitiv besser. Sie stellte die Schüssel ab. »Das kann es doch nicht gewesen sein«, sagte sie.

»Dasselbe habe ich auch gedacht«, sagte Lin. »Es gibt immer einen Ausweg.«

Freya trommelte mit den Fingerspitzen gegen die Schüssel.

»Na los«, sagte Lin. »Raus damit.«

Freya runzelte die Stirn. »Raus womit?«

»Mit dem, was du gerade sagen wolltest, bevor du dich doch dagegen entschieden hast.«

Freyas Mund zuckte. Es war schrecklich, mit jemandem befreundet zu sein, der einen so gut kannte.

»Ich habe nur gedacht …«, sagte sie mit roten Wangen.

Lin schnippte mit den Fingern. »Weniger denken, mehr reden.«

Freya seufzte. »Was ist mit dem Metalldetektor?«

»Mit dem Metalldetektor?«

Jetzt wurde Freya noch röter. »Erinnerst du dich an die Münze, die wir gefunden haben?«

»Natürlich«, sagte Lin, »und sie ist toll, aber ich bezweifle, dass wir damit die Promenade kaufen können.«

»Was, wenn es mehr davon gäbe?«

Lin spitzte die Lippen. Sie wirkte nicht überzeugt.

»Oder willst du einfach rüberkommen und mir beim Packen helfen?«, fragte Freya genervt.

Lin hielt eine Hand hoch. »Natürlich nicht. Gib mir nur eine Minute.«

Freya nahm noch einen Schluck von ihrer Suppe.

Lin seufzte. »Ich weiß nicht, Freya. Wir haben diesen Strand schon eine Million Mal abgesucht und abgesehen von der einen Münze immer nur Müll gefunden.«

Freya knibbelte an der Nagelhaut ihres Daumens. Daran hatte sie auch schon gedacht. Genau genommen, dachte sie schon seit gestern darüber nach.

»Wenn man«, sagte sie, »etwas finden will, was man vorher noch nie gefunden hat, muss man vielleicht an einer Stelle suchen, an der man vorher noch nie gesucht hat.«

Lin zog die Stirn kraus, und dann erhellte sich ihr Gesicht mit einem verschmitzten kleinen Grinsen. »Im Ernst? Du bist bereit, zu den Höhlen zu gehen?«

Sofort bereute Freya ihre Worte. Doch sie konnte nicht einfach dastehen und Ms Oleander gewinnen lassen. Sie zuckte mit den Schultern. »Wie du schon sagtest: Wäre ich eine Piratin, würde ich dort meinen Schatz vergraben.«

»Oh«, sagte Lin, »das wird lustig. Trink deine Suppe aus, und los geht's.«

***

Die letzten Fetzen von Freyas Tapferkeit verließen sie, als sie sich dem klaffenden Schlund der ersten Höhle näherten. Lin ging mit der Taschenlampe voraus. Freya hielt den Metalldetektor. Selbstbewusst marschierte Lin vorwärts, während Freya am Eingang herumtrödelte. Beim Eintreten sank die Temperatur schlagartig. Sie erschauderte und rannte los, um zu dem schmalen Lichtstreifen von Lins Taschenlampe aufzuschließen. Der Wind sauste durch die Höhlen, und seltsames Stöhnen wurde um sie herum laut.

»Das ist der Wahnsinn«, sagte Lin und schwang die Taschenlampe herum.

Freya sagte nichts dazu. Für sie war das ganz und gar nicht der Wahnsinn. Das Licht der Taschenlampe entfernte sich wieder von ihr. »Lin, warte!«, rief sie. »Mach langsamer!«

Lin drehte sich zu ihr zurück und lenkte den Lichtstrahl auf Freya. »Wenn hier etwas ist, wird es wohl nicht ganz vorne sein, oder? Wir müssen reingehen.«

»Wir sind drinnen.«

Lin stemmte die Hände in die Hüften. »Ja, ungefähr zwei Schritte. Komm schon. Ich dachte, du wolltest das richtig machen.«

»Geh nur nicht so schnell«, sagte Freya. »Ich will mich nicht verlaufen.«

»Du verläufst dich nicht – sei nicht so ein Baby.«

»Man ist kein Baby, nur weil man bei etwas Gefährlichem vorsichtig sein will.«

»Man *ist* ein Baby, wenn man mehr Angst vor der Dunkelheit hat als davor, sein Zuhause zu verlieren.«

Freya spürte das Brennen von Tränen in ihrer Nase. »Ich habe keine Angst vor der Dunkelheit.«

»Gut«, sagte Lin. »Dann lass uns gehen.«

Während das Licht vom Höhleneingang hinter ihnen immer mehr nachließ, schwang Freya den Metalldetektor in kleinen Bögen und zog die Schultern gegen die Kälte hoch. Das leise Piepen des Detektors hallte an den Felswänden wider, wurde seltsam und fremdartig. Sie versuchte, nicht an Steinlawinen und geflutete Höhlen zu denken. Und auch nicht an Geschichten, in denen Kinder vom Weg abkamen und für immer in der Dunkelheit verloren gingen.

Ihr wurde bewusst, dass sie kaum sehen konnte, wo sie hintrat. Lin war weit vor ihr, und der Strahl der Taschenlampe war winzig und furchtbar weit entfernt. Schnell wollte sie Lin einholen, wobei sie sich mit dem Metalldetektor schmerzhaft am Knöchel traf.

»Lin«, rief sie. »Lin, warte auf mich.«

Sie hasste den Klang ihrer Stimme, dünn, zittrig und ängstlich.

»Schon okay«, rief Lin zurück. »Ich dachte nur, ich habe etwas –«

Mit einem seltsam gedämpften Laut brach sie ab, und das Licht verschwand vollkommen. In Freyas Innerem machte sich eisige Kälte breit. Sie konnte nichts sehen. Also riss sie die Augen weit auf, um sie dazu zu zwingen, sich an die Dunkelheit zu gewöhnen, aber sie konnte nicht einmal erkennen, wie weit die Wände entfernt waren.

»Lin?«, rief sie erneut. »Lin, wo bist du?«

Keine Antwort.

»Lin, das ist nicht lustig.«

Sie hörte ein Huschen neben sich und wirbelte herum. Es fühlte sich an, als würde ihr Herz gleich aus ihr herausspringen, das Blut trommelte in ihrer Brust, in ihrer Kehle und in ihren Fingerspitzen. Sie erinnerte sich nicht mehr daran, in welche Richtung sie geblickt hatte. Wusste nicht mehr, wo der Ausgang war. Ihre Augen prickelten, und sie schluckte schwer.

Keine Panik, sagte sie sich selbst. *Keine Panik.*

»Lin«, krächzte sie, ihr Atem klang pfeifend.

Hinter ihr ertönte ein leises Geräusch, und kalte Finger legten sich an ihren Hals. Sie schrie, ließ den Metalldetektor fallen und rannte los. Sie wusste nicht, in welche Richtung sie lief, sie wusste nur, dass sie dem entkommen musste, was auch immer mit ihr in der Höhle war. Ein weiterer Laut gesellte sich zu ihrem schallenden Schrei, und sie brauchte einen Moment, um ihn einzuordnen. Jemand lachte.

Lin machte die Taschenlampe wieder an und ließ sie in Freyas Gesicht scheinen. Vor Lachen gekrümmt, lehnte sie an der Höhlenwand.

»Sorry, sorry, aber das war so lustig. Du hast *definitiv* Angst im Dunkeln.«

Freya konnte nicht einmal sprechen. Sie hatte einen bitteren Geschmack nach Kupfer im Mund, und da fiel ihr auf, dass sie sich auf die Zunge gebissen hatte.

Lin schwang die Taschenlampe herum, bis sie den Metalldetektor gefunden hatte. »Oh Mann«, sagte sie und wischte ihn ab. »Ich hoffe, er ist nicht kaputt. Ganz ehrlich, du hättest dein Gesicht sehen sollen.«

Freya brach in riesige bebende Schluchzer aus.

Lin blieb der Mund offen stehen, und sie lief schnell zu Freya.

»Hey, alles ist gut. Es war nur ein Scherz. Du musst dich nicht aufregen.« Versöhnlich legte sie Freya einen Arm um die Schulter.

»Fass mich nicht an!« Freya schubste sie etwas stärker als beabsichtigt.

Lin stolperte nach hinten und fiel hart in eine Pfütze. Sie schrie auf, als das kalte Wasser durch ihre Jeans sickerte. Als sie eine Hand hob und sie ansah, wurden ihre Augen groß. Darauf befanden sich viele kleine Kratzer, einige davon rot und dick.

»Was *stimmt* nicht mit dir?«, rief sie.

»Was stimmt nicht mit *mir*? Was stimmt nicht mit *dir*?«, brüllte Freya zurück.

»Ach, komm schon«, sagte Lin. »Ich wollte dir nur zeigen, dass es keinen Grund für deine Angst gibt. Du bildest dir das alles immer nur ein.«

Freya schnappte sich die Taschenlampe von Lin und ging zurück Richtung Strand.

Lin folgte ihr mit dem Metalldetektor. »Warte!«, rief sie. »Bist du wirklich so wütend?«

Freya antwortete nicht, sondern marschierte einfach weiter auf den Felsstrand zu.

»Freya! Komm schon, ich wollte dir keine Angst machen.«

Freya wirbelte herum, und Lin lief fast gegen sie.

»Willst du mich auf den Arm nehmen? Das wolltest du nicht? Was, wurdest du etwa von einem Magier verzaubert? Von einer Geisterpuppe besessen? Du bist einfach gestolpert und wolltest dich an meinem Hals festhalten, um nicht zu fallen?«

»Nein!«, rief Lin. »Offensichtlich nicht!«

Freya warf die Hände in die Luft. »Warum schreist du mich an?«

»Tue ich nicht!«, brüllte Lin und rieb sich über die Stirn. »Ich dachte nur, du machst dir selbst Angst, und wenn ich dich einmal erschrecke, dann wird dir klar, wie albern du bist. Ich habe wirklich gedacht, du würdest darüber lachen.«

»Wenn du mir jemals zuhören würdest, hättest du gewusst, dass ich nicht lachen würde.«

»Das ist nicht fair. Wir reden immer nur über dich. Über deine Granny. Deine Pension. Deine Sache mit Ms Oleander.«

Freya zuckte zusammen, als hätte Lin sie geschlagen. Wieder spürte sie Tränen aufkommen. »Tja, wenn du so denkst, sollten wir vielleicht keine Freundinnen mehr sein.«

Lin lief knallrot an, und ihre Augen wurden glasig. »Gut, vielleicht hast du recht.«

Sie klemmte sich den Metalldetektor unter den Arm, machte auf dem Absatz kehrt und brauste davon, sodass Freya allein vor dem dunklen Schlund der Höhle zurückblieb.

ZWÖLF

Während Freya sich am Montagmorgen für die Schule fertig machte, war ihr das Herz ganz schwer. Sie hatte das schlimmste Wochenende überhaupt gehabt. Bis zur letzten Minute trödelte sie im Flur herum und betrat das Klassenzimmer erst, als es sich nicht mehr aufschieben ließ. Lin saß auf ihrem gewohnten Platz und sah Freya beim Hereinkommen hoffnungsvoll an.

Diese setzte sich und packte wortlos ihre Tasche aus.

»Freya«, zischte Lin.

Freya behielt den Blick nach unten gerichtet.

»Hey«, flüsterte Lin, »können wir bitte darüber reden?«

Freya schäumte vor Wut. Wie Typisch! Lin ging einfach davon aus, dass alles wieder gut war. Freya stützte ihr Kinn auf eine Hand, um Lin mit dem Arm auszublenden.

»Willst du jetzt ernsthaft nicht mit mir reden?«

Freya hielt ihre Hand hoch. »Miss, Lin redet die ganze Zeit mit mir. Kann ich mich umsetzen?«

Ihre Lehrerin runzelte leicht die Stirn, zeigte jedoch auf einen leeren Platz auf der anderen Seite des Klassenzimmers. »Aber schnell.«

Freya spürte Lins Blick auf sich, als sie sich umsetzte. Sie konzentrierte sich so sehr darauf, nicht zu Lin zu schauen, dass sie kaum etwas vom Unterricht mitbekam. Sobald die Glocke läutete, rannte sie aus dem Raum und suchte sich ein Plätzchen ganz hinten auf dem Spielplatz, wo Lin sie vermutlich nicht suchen würde. Am Ende des Tages war sie sich sehr sicher, dass sie sich noch nie im Leben so einsam gefühlt hatte.

Sie wollte nicht zurück zur Pension gehen und dort einer niedergeschlagenen Granny Kate begegnen, oder schlimmer noch – einer hocherfreuten Ms Oleander. Und zu Lin nach Hause konnte sie auch nicht. Also ging sie zum Strand, wo sie es genoss, dass die trostlose Landschaft ihr eigenes Elend widerspiegelte. Das Meer war grau und heimtückisch im trüben Licht. Es war nebelig, als wären die Wolken auf die Erde heruntergefallen und könnten sich nicht wieder dazu aufraffen, aufzusteigen. Winzige Schneeflocken lagen für einen Moment verstreut auf dem Sand, bevor sie von dem matschigen grauen Meer aufgesaugt wurden. Freya zitterte. Granny Kate sagte immer, je kälter es sei, desto kleiner seien die Flocken. Jetzt waren sie puderfein.

Stirnrunzelnd legte Freya den Kopf schief. Ein vertrautes Stöhnen drang über den Strand zu ihr herüber. Sie zwang ihren Blick zu den Felsen und den dunklen Höhlen. Der kühle Wind pustete direkt durch sie hindurch, und sie stellte schaudernd den Kragen ihres Mantels auf. Dabei scheuchte sie ein paar gefrorene Wassertropfen auf, die wild ihren Nacken herunterflossen, weshalb sie das Gesicht verzog.

Mit kleinen Seitwärtsschritten bewegte sie sich wie eine Krabbe auf die Höhlen zu. Der Wind ließ nach, als sie den Schutz der Klippen erreichte, und der Nebel lichtete sich, sodass die Höhlen in all ihrer Pracht vor ihr lagen. Das seltsame Stöhnen hielt an, als würden die Höhlen sich selbst ein Lied singen. Sie erschauderte, als ihr Geschichten einfielen, die sie gelesen hatte. Meerjungfrauen, die sangen, um Seemänner anzulocken. Irrlichter, die sangen, um unvorsichtige Reisende vom Weg abkommen zu lassen. Mit der Spitze ihres Schuhs zeichnete sie einen Schnörkel in den nassen Sand.

Lauschend legte sie den Kopf schief. Das Stöhnen schien aus einer hohen, schmalen Höhle zu kommen. Verärgerung stieg in ihr auf, als sie an Lins Bemerkung darüber dachte, dass sie mehr Angst vor den Höhlen hatte als davor, ihr Zuhause zu verlieren. Das war nicht wahr. Sie konnte mutig sein. Das würde sie beweisen. Und wenn sie dabei verloren ging und nie wieder gesehen werden würde, dann würde Lin sich wenigstens sehr, sehr schlecht fühlen.

Mit einem Klicken machte Freya ihre Taschenlampe an und ging langsam vorwärts. Sie musste sich seitlich durch die Öffnung quetschen und über eine kleine Erhöhung treten. Innen bog der schmale Pfad nach links ab. Sie wandte sich in die Richtung und ging weiter. Ihr dicker Mantel schabte über die rauen Wände. Das schwache Licht vom

Strand blieb hinter ihr zurück, als sie um die Ecke bog. Freya war genervt davon, wie sehr ihre Hände zitterten, da dadurch der Lichtstrahl wild umherhuschte.

Ich kann nicht atmen, dachte sie, während sich die Wände der Höhle von beiden Seiten dichter an sie drängten.

Sie legte eine flache Hand an die Wand hinter sich und stützte den Kopf dagegen. Dann schloss sie die Augen. Sie *konnte* atmen. Es war eng, aber nicht so eng. Sie bekam Panik, das war alles. Sie stellte sich Lins stures Gesicht vor, und das reichte, um sie voranzutreiben, weiter in den Tunnel. Zu ihrer großen Erleichterung wurde der Gang weiter und spuckte sie in einer riesigen Höhle aus.

Der Boden hier war größtenteils flach und dank der Erhöhung am Höhleneingang überraschend trocken. Aber kalt war es, und alles glitzerte durch den Frost. Der Lichtstrahl ihrer Taschenlampe ließ gigantische Stalaktiten erkennen, die wie Fledermäuse an der Decke hingen, bestückt mit Seepocken und Muscheln. Die Felsschichten, aus denen die Klippen bestanden, waren hier deutlicher sichtbar und zeichneten wilde marmorierte Muster um sie herum. Einen Moment lang war sie so erstaunt, dass sie vergaß, Angst zu haben.

»Whoa«, sagte sie laut, und die Höhle griff ihre Stimme auf und warf sie ihr aus Millionen verschiedener Richtungen wieder entgegen.

Sie machte einen Schritt nach vorne und blieb schreiend stehen. Der Boden vor ihr war verschwunden, und nun taumelte sie am Rand einer Klippe. Sie blickte nach unten und konnte nur Dunkelheit erkennen, die von spitzen Stalagmiten durchbrochen wurde, die sich ihr scharf und tödlich entgegenstreckten. Ihr Schrei schallte um sie herum, als wäre die Höhle voller kleiner Vögel. Erst als sie bemerkte, wie der dünne Lichtstrahl ihrer Taschenlampe aus der Dunkelheit zu ihr zurückstrahlte, wurde ihr klar, was sie da sah. Sie machte einen winzigen Schritt und hob einen Stein auf. Dann ließ sie ihn vor sich fallen, und ihr Atem huschte in erleichtertem Kichern aus ihr heraus. Der Kiesel fiel mit einem Klicken und schickte kleine Wellen durch die Dunkelheit vor ihr. Es war nur ein Wasserbecken, glatt und reflektierend wie ein Spiegel.

Ihr Schrei hallte immer noch durch die Höhle, und sie runzelte die Stirn. Es klang, als hätte sich noch eine weitere Stimme zu ihrer gesellt. Sie spitzte die Ohren, doch es war unmöglich, die Lagen genau herauszuhören. Ihr Herzschlag beschleunigte sich wieder.

»Hallo?«, rief sie und fühlte sich irgendwo zwischen albern und zu Tode geängstigt. »Ist da jemand?«

Nichts. Nur ihre eigene Stimme, die ihr entgegenrief. Doch dann ertönte ein weiteres Geräusch. Ein leises Kratzen, Kieselsteine, die auf den Boden fielen. Sie erstarrte, überzeugt davon, dass dies die ersten Anzeichen einer Steinlawine waren und dass die Höhle gleich über ihr zusammenbrechen würde. Das Geräusch ertönte erneut hinter ihr, und sie wirbelte herum und fuchtelte wild mit der Taschenlampe umher. Als sie eine Bewegung im Licht wahrnahm, hielt sie still. Ein dünner Regen aus Sand und

Kieseln fiel von der Wand der Höhle herunter. Sie folgte ihm mit der Lampe hinauf und schrie beinahe auf, als sie etwas strahlend Weißes vor den Felsen sah.

Es war das Gesicht eines Jungen.

DREIZEHN

Freya hatte kaum Zeit, zu verarbeiten, was sie da sah, bevor der Junge sich umdrehte und weglief.

»Hey!«, rief sie. »Warte!«

Sie kletterte ihm nach, die Felsen hoch, und fing seine fliehende Gestalt gerade noch mit dem Strahl der Taschenlampe ein. Wie eine Bergziege bewegte er sich auf dem rauen Untergrund vorwärts, sprang selbstsicher von Fels zu Fels, kletterte mit Leichtigkeit über Erhöhungen und scharfe Kanten.

Freya hatte Mühe, mit ihm mitzuhalten. Was, wenn er ein Geist war? Er sah definitiv danach aus: ein blasses, mageres Gesicht und so tiefsitzende Augen, dass sie im Schatten lagen. Allerdings schien er mehr Angst vor ihr zu haben als sie vor ihm. Vielleicht waren Geister in der Hinsicht wie Spinnen.

»Warte, komm zurück!«, rief Freya erneut. »Ich tue dir nichts.«

»Hau ab«, ertönte eine Stimme.

Sie klang nah. Die Schritte des Jungen waren verstummt.

Freya stand so still wie möglich und lauschte in die Stille.

»Ich will nur mit dir reden«, rief sie.

Keine Antwort. Vorsichtig machte sie einen Schritt vorwärts, wobei sie das Licht systematisch vor sich herbewegte.

»Tja, ich will aber nicht mit dir reden. Verschwinde aus meiner Höhle.«

»Deiner Höhle? Bist …?« Sie hielt inne und kaute auf ihrer Lippe herum. »Bist du ein Geist?«

Ein Schnauben. »Ja. Genau. Ich bin ein Geist. Also solltest du besser verschwinden, bevor ich dich für immer heimsuche.«

Freya stemmte die Hände in die Hüften. »Ich glaube nicht, dass du ein Geist bist.«

Ein geisterhaftes Stöhnen hallte zu Freya herüber, darin tönte ein kaum überhörbares Lachen mit. Sie lief ein paar Schritte nach vorn und schwang die Taschenlampe um einen großen Felsen vor sich herum. Dort saß der Junge in der Hocke.

»Ich habe dich schon mal gesehen«, sagte sie.

Sein rotes Haar war etwas länger, das Gesicht etwas dreckiger, doch nun, da sie ihn richtig sehen konnte, war sie sich sicher. Es war der Junge, der das Gebäck gestohlen hatte. Der, der ihr gefolgt war.

»Du hast mich verfolgt.«

Der Junge schüttelte den Kopf. »Ich habe keine Ahnung, wer du überhaupt bist.«

»Ich habe dich gesehen.«

»Und du wirst mich in deinen Albträumen wiedersehen, wenn du nicht geheeest«, sagte er und wackelte mit den Fingern.

Freya hob einen kleinen Kieselstein auf und warf ihn nach dem Jungen. Mit einem dumpfen Ton traf er ihn an der Brust. Stirnrunzelnd rieb er sich die Brust mit dem Handballen.

»Au, wofür war das?«

Freya zuckte die Schultern. »Um sicherzugehen, dass du kein Geist bist.«

»Na gut. Ich bin kein Geist. Aber ich will trotzdem nicht mit dir sprechen, also hau ab.« Er scheuchte sie mit den Händen weg und drehte sich um.

Nun da sie sicher war, dass er kein Geist war, marschierte sie ihm selbstbewusst nach. »Was machst du in dieser Höhle?«

»Reiten lernen«, sagte er.

»Was?«

Er seufzte tief. »Egal. Was machst du in dieser Höhle?«

»Ich habe seltsame Geräusche gehört, also wollte ich dem nachgehen.« Sie nahm die Taschenlampe in die andere Hand. »Ich bin halt ziemlich mutig«, sagte sie so locker, wie sie konnte.

»Geräusche?«

»Ja. Warst wohl du. Wenn du versuchst, unauffällig zu sein, bist du nicht sehr gut darin.«

Der Junge schnalzte mit der Zunge. »Vielleicht war das nicht ich. Vielleicht waren es die ganzen Geister.«

»Ich habe keine Geister gesehen. Nur dich.«

»Also, Geister würdest du auch nicht sehen, oder? Die sind unsichtbar.«

Freya schnaubte. »Die sind nicht unsichtbar. Nur irgendwie durchsichtig.«

»Sie sind wohl unsichtbar.«

»Nein.«

»Wolltest du darüber mit mir sprechen?«

»Natürlich nicht.« Schweigend ging Freya eine Weile neben ihm her. »Du hast meine Frage nicht beantwortet.«

»Welche Frage?«

»Was du hier machst. Ich habe dir gesagt, was ich hier mache. Jetzt bist du dran.«

Plötzlich blieb der Junge stehen, sodass Freya gegen ihn stieß. Er zeigte vor sich. Freya zielte mit dem Licht auf die Stelle. Sie waren in einer kleinen Nische angekommen, in dessen Mitte sich die verkohlten Reste eines Feuers befanden. Außerdem lagen dort ein zerschlissener Schlafsack, einige Kerzenstummel und sehr viel Müll. Freya legte den Kopf schief. Der Müll bestand größtenteils aus Verpackungen von Schokoriegeln und gammeligen Bananenschalen. Erstaunt drehte sie sich wieder zu dem Jungen.

»Schläfst du hier?«

Er zuckte mit den Schultern. »Vielleicht.«

»Aber es ist Februar.«

»Danke, Schlaumeierin. Das weiß ich selbst.«

»Du wirst erfrieren.«

Wieder zuckte er mit den Schultern. »Bis jetzt lebe ich noch.«

»Kannst du nirgendwo anders hin?«

Der Junge antwortete nicht, sondern trat einfach gegen das verkohlte Holz, wodurch ein Haufen Asche aufgewirbelt wurde. Freya sah ihn genauer an. Unter dem ganzen Dreck war sein Gesicht dünn, und seine Lippen waren aufgeplatzt. Seine Hände waren beinahe lila und voller winziger geplatzter Adern. In einem seiner Schuhe war vorne ein Loch.

Er sah sie verärgert an. »Mach ein Foto, hält länger«, blaffte er.

»Sorry«, sagte Freya reflexartig. Sie senkte den Blick und spielte mit ihrer Taschenlampe.

Der Junge stocherte mürrisch in der Asche herum.

»Hör mal«, sagte sie, »ich denke, du solltest nicht hier schlafen. Das ist gefährlich.«

»Mir geht's gut.«

»Das glaube ich nicht. Warum kommst du nicht mit zu mir nach Hause?«

Der Junge lachte. »Hast du noch nie davon gehört, dass man Fremden nicht vertrauen sollte? Was, wenn du eine Axtmörderin bist? Mit dir mitzugehen, könnte gefährlicher sein, als in einer Höhle zu schlafen.«

Freya runzelte die Stirn. »Ich? Du hast doch mich verfolgt. Es ist viel wahrscheinlicher, dass *du* ein Axtmörder bist.«

Der Junge lehnte sich an die Wand und sah sie mit einer hochgezogenen Augenbraue an. »Ich habe dich nicht verfolgt. Und ich brauche deine Hilfe nicht. Außerdem, denkst du nicht, deine Eltern würden es merken, wenn du einen Streuner mitbringst?«

»Meine Eltern sind tot«, sagte Freya. Das hatte sie gar nicht sagen wollen, und die Worte überraschten sie. Darüber sprach sie fast nie. Es schien nie etwas zu sein, worüber Menschen reden wollten.

»Oh«, sagte der Junge und sah sie das erste Mal richtig an. »Meine auch.«

»Oh.«

Eine unangenehme Stille breitete sich aus. Freya hatte noch nie eine andere Waise getroffen. Meistens entfernten Kinder sich von ihr, wenn sie es erwähnte, als wären Tragödien vielleicht ansteckend. Oder sie lobten sie dafür, wie tapfer sie war. Sie beäugte den Jungen. Er sah sie nicht an, als würde er sie für tapfer halten. Er sah immer noch leicht genervt aus. Irgendwie war das beruhigend.

»Hör mal«, sagte sie, »ich wohne mit meiner Granny in der Pension in der Stadt. Wir haben einen Haufen leerer Räume, genug Essen, heißes Wasser für ein Bad.«

Der mürrische Ausdruck auf seinem Gesicht verriet ihr, dass ihr letzter Punkt nicht so taktvoll gewesen war, wie sie gehofft hatte.

»Du musst nicht mit mir reden, wenn du nicht willst«, sagte sie, »aber bleib nicht hier.«

Der Junge sagte nichts, er stieß sich nur von der Wand ab und trottete auf sie zu, als würde er ihr einen riesigen

Gefallen tun. Freya verstand, dass dies wahrscheinlich der einzige Dank war, den sie erhalten würde.

»Ich bin Freya«, sagte sie und hielt die Taschenlampe Richtung Höhleneingang.

Der Junge schwieg eine ganze Weile. »Teddy«, sagte er schließlich. »Ich bin Teddy.«

VIERZEHN

Auf dem Weg zur Pension schlug Freya vor, Granny Kate einzuweihen, was dazu führte, dass Teddy sofort zurück zu den Höhlen rennen wollte.

»Vor ihr musst du keine Angst haben. Sie wird niemandem von dir erzählen.«

»Doch, wird sie«, sagte Teddy. »Das tun Erwachsene immer. Und dann stecken sie mich wieder ins Heim.«

Freya zog die Stirn kraus. Bei dem Wort »Heim« wurde seine Stimme kalt wie Eis. Als sie seinen Gesichtsausdruck sah, wollte sie auch nicht, dass er dorthin zurückmusste. Und sie konnte nicht zulassen, dass er zur Höhle zurückging. Nicht im Februar.

»Okay, gut«, sagte sie. »Keine Erwachsenen.«

Sie schaffte es ohne große Mühe, Teddy unbemerkt in die Pension zu schmuggeln. Das Gute daran, in einem so alten Gebäude zu wohnen, war, dass unerwartete Geräusche ziemlich normal waren. Türen ächzten in ihren schiefen Rahmen, und Rohre klapperten in den Wänden. Da war es unwahrscheinlich, dass Granny jemanden bemerkte, außer sie stolperte buchstäblich über ihn. Freya schnappte sich den Generalschlüssel, mit dem sie jede Tür in der Pension öffnen konnte, und führte Teddy die Treppen hinauf.

»Da wären wir«, sagte sie, als sie eine Tür aufschob. »Ist nicht das schickste Zimmer auf der Welt, aber es ist definitiv besser als eine Höhle.«

Teddy spitzte die Lippen. »Mag sein.«

Er wollte sich gerade auf das Bett setzen, blieb dann aber abrupt stehen, als sein Blick auf die weißen Laken fiel. Freya sah, wie er auf seine dreckigen Hände schaute.

»Warum besorge ich uns nicht etwas zu essen? Du musst am Verhungern sein.«

Teddy zuckte nur die Schultern, aber sein Magen verriet ihn, indem er laut knurrte. Freya tat so, als hätte sie es nicht bemerkt. Sie holte zwei flauschige Handtücher aus einem hohen Schrank und warf sie aufs Bett.

»Falls du die brauchst. Das Badezimmer ist hinter dir. Bin gleich zurück.«

Teddy grummelte nur. Freya verließ das Zimmer und schloss die Tür hinter sich, um ihn allein zu lassen. Unten steckte sie den Kopf ins Frühstückszimmer: Keine Spur von Ms Oleander oder Granny Kate. Also ging sie in die Küche.

Sie war gerade dabei, ein Schinken-Käse-Sandwich zu machen, als ihr der leicht blaue Unterton in Teddys Haut einfiel. Wer wusste, wie lange er schon in der Kälte schlief oder wann er das letzte Mal etwas Warmes zu essen hatte. Also beschmierte sie die Außenseiten des Sandwiches mit

Butter und warf es in die Pfanne, um stattdessen Toasties zu machen. Sie machte zwei für Teddy und eins für sich selbst. Um sie warm zu halten, wickelte sie sie in Folie ein. Dann stellte sie einen Topf Tomatensuppe zum Aufkochen auf den Herd und setzte Wasser für Tee auf. Als die Suppe heiß war, füllte sie sie in zwei Schüsseln. Bei dem Gedanken an Teddys mageres Gesicht und seine dünnen Handgelenke gab sie noch zwei großzügige Kleckse Sahne hinein. Sie richtete das Essen und eine Kanne Tee auf einem Frühstückstablett an und legte noch ein Päckchen Schokokekse, zwei Äpfel und eine Karaffe mit Orangensaft dazu. Vorsichtig trug sie das klackernde Tablett die Treppe hinauf.

Sie war ungefähr zwanzig Minuten lang weg gewesen, was hoffentlich mehr als genug Zeit für Teddy war, sich zu waschen. Sie wollte nicht allzu lange in der Küche bleiben, aus Angst, dass Granny Kate hereinkam und sich fragte, warum sie zwei Schüsseln Suppe und drei Sandwiches zum Mittagessen brauchte.

Als sie bei der Tür ankam, fiel ihr auf, dass sie keine Hand zum Klopfen frei hatte. Sie drückte das Tablett an ihren Bauch und stieß mit der Stirn sanft gegen die Tür.

»Ja, kannst reinkommen«, sagte Teddy.

Freya verdrehte die Augen. »Ich habe die Hände voll«, rief sie durch die Tür. »Du musst mir aufmachen.«

Zuerst war es still, dann folgte das Quietschen von Sprungfedern und ein Schlurfgeräusch, bevor Teddy die Tür öffnete. Als er das Tablett mit dem Essen sah, leuchteten seine Augen auf, bevor er seine Gesichtszüge schnell wieder zu einer gelangweilten Miene sortierte.

Freya stellte das Tablett auf dem kleinen Tisch ab. »Ich war nicht sicher, was du magst, also habe ich eine Auswahl zusammengestellt. In den Toasties ist Schinken – sorry, ich hätte fragen sollen, ob du Vegetarier bist.«

Teddy schüttelte den Kopf. »Bin ich nicht.«

»Oh, gut.« Freya nahm sich ein Toastie und zeigte auf das Tablett. »Bedien dich.«

Teddy nahm sich ein dreieckiges Sandwich und tunkte es in die Suppe, bevor er mit einem skeptischen Blick Richtung Freya einen vorsichtigen Bissen nahm. Diese sah ihn absichtlich nicht an, sondern knabberte an dem knusprigen Schinken, der an den Seiten des Toastbrots herausquoll. Teddy schloss die Augen, als das Essen seine Zunge berührte. Noch einmal tunkte er den Toast in die Suppe, so weit, dass seine Finger fast bis zu den Knöcheln darin versanken, und schob sich den Rest des Dreiecks in den Mund. Er hatte noch nicht einmal geschluckt, da wiederholte er das Ganze schon mit dem zweiten Dreieck.

»Vorsichtig«, sagte Freya, »sonst wird dir noch schlecht.«

Sie erwähnte nicht, dass sie eigentlich immer so aß und normalerweise Granny Kate diejenige war, die dasselbe zu ihr sagte. Teddy hob nicht einmal den Blick, sondern schaufelte sich einfach weiter Essen in den Mund. Bis er mit dem Essen fertig war, war es, als würde sie gar nicht existieren. Diese Gelegenheit nutzte sie, um ihn genauer zu betrachten.

Jetzt, wo sein Gesicht sauber war, traten seine Sommersprossen dunkel und orangefarben hervor und bissen sich mit seinem roten Haar, das in der Dusche ganz weich geworden war und sich bis zu seinen Schlüsselbeinen lockte. Oben standen die Strähnen himmelwärts. Er hatte seine feuchte Jacke auf die Heizung gelegt, wo sie nun leicht dampfte. Er konzentrierte sich so sehr aufs Essen, dass seine Stirn nicht länger gerunzelt war. Dadurch wirkte er jünger. Freya bediente sich an einem Keks.

»Wie alt bist du, Teddy?«

»Sechzehn«, sagte er mit einem Bissen Sandwich im Mund.

Freya hob eine Augenbraue.

Jetzt war seine Stirn wieder gerunzelt. Er schluckte. »Na gut. Vierzehn.«

»Ich bin zwölf«, sagte Freya.

»Danach habe ich nicht gefragt.«

»Ich dachte nur, du magst vielleicht etwas Unterhaltung zu deiner Mahlzeit.«

»Falsch gedacht.«

»Viele Menschen mögen das.«

»Ich nicht.«

Freya seufzte und nahm sich noch einen Keks. »Gut. Dann sitzen wir jetzt eben einfach hier rum und schweigen uns an.«

»Gut.«

»Gut.«

»Toll.«

Freya schrak auf, als unter ihnen die Tür der Pension geöffnet wurde. Sie rutschte vom Bett herunter und ging in den Flur, um sich über das Geländer zu beugen. Dann stöhnte sie. Es war Ms Oleander. Sie trug eine riesige Kiste und hatte ihr Handy unter das Kinn geklemmt.

Freya zog sich zurück, bevor sie noch entdeckt wurde.

»Keine Sorge«, sagte sie zu Teddy. »Ist nur der andere Gast der Pension. Ihr Zimmer ist am anderen Ende des Flurs, also solltet ihr euch nicht begegnen.«

Wer auch immer am Telefon war, hatte Ms Oleander eindeutig verärgert. Ihre Stimme drang zu ihnen nach oben, so laut und scharf wie ein Klopfen an der Tür. Teddy schrak auf wie eine verbrühte Katze, und sein Gesicht wurde unter den Sommersprossen ganz blass.

Freya ging einen Schritt auf ihn zu. »Was ist los?«

»Ich muss hier weg«, sagte er.

»Was?«

»Ich muss gehen. Sofort.«

»Was redest du da?«

Eilig kletterte Teddy vom Bett, wobei er ein Glas Orangensaft umstieß. Er verzog das Gesicht, als der Fleck sich auf dem weißen Laken ausbreitete.

»Oh Gott, tut mir leid«, sagte er, lief ins Bad und kam mit einem Knäuel Toilettenpapier zurück. Er tupfte den Fleck ab, aber es brachte nichts, und als das Papier sich auflöste, zog er eine Grimasse.

»Lass gut sein, mach dir keine Sorgen. Wir sind eine Pension, wir haben schon schlimmere Flecken sauber gemacht.«

»Jetzt klingst du wieder wie eine Axtmörderin«, sagte er und lächelte beinahe.

Er schnappte sich eine Packung Kekse und stopfte sie in seine Tasche. »Hör mal, danke für das Essen. Das war sehr nett von dir. Aber ich muss jetzt gehen.«

Der eindringliche Rhythmus von Ms Oleanders Stimme war wieder zu hören. Teddy zuckte zusammen und zog seine Jacke von der Heizung. Er schob den Arm in einen Ärmel und schmiegte sich freudig in den warmen Stoff.

Freya drehte sich zuerst zur Tür und dann wieder zu Teddy. »Warte. Du gehst wegen ihr, oder?«, fragte sie, ihre Augen wurden groß.

»Keine Ahnung, wovon du sprichst«, sagte Teddy und senkte den Blick.

Freya schloss die Tür und lehnte sich mit verschränkten Armen dagegen.

»An dem Abend vor dem Rathaus«, sagte sie, »da hast du gar nicht mich beobachtet. Du hast Ms Oleander beobachtet. Du kennst sie.«

»Wenn es sein muss, schiebe ich dich zur Seite.«

»Das ist keine Antwort auf meine Frage.«

Teddy sah extrem unglücklich aus.

Freya setzte sich im Schneidersitz vor die Tür und machte sich so schwer wie möglich, falls er sie tatsächlich hochheben wollte.

»Raus damit«, sagte sie.

Zwar sah Teddy immer noch aus, als wollte er unbedingt abhauen, trotzdem ließ er sich wieder aufs Bett fallen. Er warf eine Hand in die Luft. »Okay, gut. Ja, ich kenne sie.«

»Bist du wegen ihr in Edge?«

»Könnte man sagen.«

»Wenn du nicht sofort anfängst zu reden, werfe ich etwas nach dir.«

Abwehrend hielt er eine Hand hoch. »Okay! Ich habe früher in der Großstadt für sie gearbeitet. Das Heim, in dem ich gelebt habe, hat so ein Programm, bei dem Kinder mit ortsansässigen Unternehmen zusammengebracht werden. So als eine Art Mentorenprogramm.«

»Okay. Das klingt doch … gut, oder?«, fragte Freya.

Teddy schnaubte. »Theoretisch ja. Aber die meisten Unternehmen nutzen die Gelegenheit nur für kostenlose Arbeitskräfte.«

Freya rümpfte die Nase. »Das ist schrecklich. Und Ms Oleander hat das auch gemacht?«

Teddy grummelte.

»Und du hast mit ihr an dem Projekt für die Promenade in Edge gearbeitet?«

Noch ein Grummeln, woraufhin Freya einen Stiefel auszog und ihn nach ihm warf, etwas kräftiger als beabsichtigt. Er traf ihn mit einem Klappern.

»Au!«

»Sorry! Also, eigentlich nicht, ich habe dich schließlich gewarnt. Aber sorry, dass ich etwas so Hartes geworfen habe. Erzähl schon, du hast mit Ms Oleander zusammengearbeitet und …?«

Teddy schluckte. »Ja, ich habe mit ihr an diesem Projekt gearbeitet. Eine kleine Küstenstadt, in der sie Grundstücke für ein Bauprojekt kaufen wollte.«

Freya trommelte mit den Fingern auf den Teppich. »Ja, den Teil kenne ich. Aber was ist passiert? Warum lebst du in einer Höhle am Strand, anstatt mit ihr in der Pension zu übernachten?«

»Sie weiß nicht, dass ich hier bin«, sagte Teddy. »Ich bin ihr gefolgt.«

»Weil du heimlich in sie verliebt bist?«

»Oh, igitt! Absolut nicht!«

»Tja, wenn du mir nicht endlich alles erzählst, rate ich weiterhin ins Blaue.«

Teddy seufzte. »Die meisten meiner Aufgaben waren ziemlich langweilig – Dokumente kopieren, Tee holen, so was eben. Also habe ich ein bisschen herumgeschnüffelt.«

Freya nickte zustimmend. »Und was hast du gefunden?«

»Ich habe herausgefunden, warum sie die Promenade wirklich kaufen will.«

»Damit sie hier alles abreißen und Luxusgebäude bauen kann, was immer das auch sein soll«, sagte Freya.

Teddy schüttelte energisch den Kopf. »Das ist nur ein Vorwand. Eine Lüge. Ihr ist egal, was *auf* der Promenade ist. Sie ist hinter dem her, was *darunter* ist.« Er schwieg.

Wieder dachte Freya darüber nach, ihren Stiefel nach ihm zu werfen. »Und das wäre?«

Mit riesigen Augen sah er sie an. »Ein Schatz.«

Fünfzehn

»Ein Schatz«, hauchte Freya.

»Wäre nicht das erste Mal, dass Menschen so was finden«, sagte Teddy abwehrend.

Freya schüttelte den Kopf. »Nein, ich glaube dir ja.« Sie dachte an Lin und ihre gemeinsamen Schatzjagden, und etwas in ihr tat schrecklich weh. Sie schob ihre Brille hoch. »Ich glaube dir. Also, du hast rausgefunden, dass sie einen Schatz sucht. Und dann?«

»Es gibt Gesetze dafür, was passiert, wenn jemand einen Schatz findet. Das passiert öfter, als du denkst.«

Freya hob eine Augenbraue.

»Okay, nicht so oft. Aber manchmal.«

»Also gut. Wie ist die Gesetzeslage dazu?«

»Der Schatz wird zwischen dem Finder und dem Besitzer des Grundstücks gerecht aufgeteilt. Sie will beide Rollen einnehmen. Aber wenn ich den Schatz vor ihr finde, bekomme ich die Hälfte.«

Freya pfiff lang und tief. »Sie wäre stinksauer.«

Teddy zuckte die Achseln. »Aber sie könnte nichts daran ändern.«

Einen Moment lang dachte Freya darüber nach, dann setzte sie sich abrupt auf. »Warte, was würde passieren, wenn du den Schatz findest, bevor sie das Grundstück kauft?«

»Mir egal. Ich bekomme trotzdem meine Hälfte.«

Freya stand auf und setzte sich neben ihn aufs Bett. »Mir ist es nicht egal. Wenn wir den Schatz vorher finden, würde eine Hälfte der Stadt gehören.«

Teddy ging auf Abstand. »Mir gefällt das ›Wir‹ nicht.«

Freya rückte wieder näher an ihn heran. »Pech. Wir sind jetzt nämlich ein ›Wir‹.«

Teddy stand auf und marschierte auf die andere Seite des Zimmers. »Auf keinen Fall. Ich brauche kein Kind, das mir hinterherläuft und mir in die Quere kommt. Außerdem will ich meine Hälfte nicht teilen. Keine Ahnung, wie viel da unten ist, aber ich brauche genug, um sicherzustellen, dass ich nie wieder ins Heim muss.«

»Erstens bin ich nur ungefähr ein Jahr jünger als du, also nenn mich nicht ›Kind‹.« Kurz dachte Freya nach. »Und ich könnte nützlich sein. Ich bin Tüftlerin, das könnte praktisch sein. Und ich lebe schon mein ganzes Leben hier, ich kenne die Höhlen besser, als du es jemals könntest.« Das war genau genommen nicht wahr, aber das musste Teddy nicht wissen.

Stirnrunzelnd blinzelte er sie an. Sie erkannte, dass sie das Ganze noch nicht gut genug verkauft hatte.

»Und«, sagte sie, »mich interessiert deine Hälfte des Schatzes nicht. Du kannst sie behalten. Solange die Stadt ihren Anteil bekommt.«

Teddy spitzte die Lippen. »Na gut. Aber wenn du dabei verletzt wirst, selbst schuld. Mir geht's um den Schatz, sonst nichts.«

Freyas Kopf rauchte. Sie hatte keine Ahnung, wie viel Geld Ms Oleander dem Stadtrat für die Promenade geboten hatte, aber wenn das alles nur ein Trick war, um an den Schatz darunter zu kommen, musste er mehr wert sein. Viel mehr. Nur die Hälfte davon würde reichen, damit Ms Oleander weggeschickt und die Promenade gerettet werden würde. Sie hätte vor Freude tanzen können, doch sie zwang sich, einen neutralen Gesichtsausdruck beizubehalten. Sie hatte das Gefühl, wenn sie zu glücklich aussähe, würde Teddy seine Meinung vielleicht ändern.

»Deal«, sagte sie und hielt ihm eine Hand für einen Handschlag hin. Teddy starrte sie nur an, also ließ sie sie mit einem Seufzen sinken. »Also, was ist dein Plan? Du hast den Schatz offensichtlich noch nicht gefunden.«

Teddy schüttelte den Kopf. »Ich habe alle Kopien von Karten und Dokumenten für sie gemacht. Daher habe ich versucht, alles aufzuzeichnen, an das ich mich erinnern konnte. Damit habe ich bis jetzt gearbeitet.«

Freya summte leise. »Die Erinnerung ist eine seltsame Sache. Es ist sehr schwer, sich an genaue Bilder zu erinnern.«

»Logisch«, sagte Teddy. »Aber wenn du keine bessere Idee hast, ist meine Erinnerung das Einzige, was wir haben.«

Mit einem Seufzen schob Freya die Hände in ihre Taschen. Ihr Gesicht hellte sich auf, als sich ihre Finger um etwas Kleines und Schweres schlossen. »Tatsächlich habe ich eine bessere Idee.«

Sie hielt ihm den Gegenstand in ihrer Hand entgegen. Es war der Generalschlüssel für die Pension.

Sie warteten, bis Ms Oleander wieder verschwand, und gingen durch den Flur zu ihrem Zimmer. Nervosität flatterte durch Freyas Körper.

»Komm, komm«, sagte Teddy, der auf den Fußballen hüpfte. »Los jetzt.«

Freya atmete tief durch, drehte den Schlüssel und drückte die Tür auf. Das Zimmer war penibel sauber. Es sah fast so aus, als würde gar niemand darin übernachten. Freya zog die Tür zu und schloss ab. Die Luft roch nach Veilchen, übermäßig süß. Sie unterdrückte ein Niesen.

Teddy steckte die Hände in die Taschen und trat unbehaglich von einem Bein aufs andere. »Wo fangen wir an?«

»Keine Ahnung. Ich habe noch nie ein Zimmer durchsucht.«

»Und du denkst, ich schon? Das ist deine Pension. Und dein Plan. Ich dachte, du hättest ein paar Ideen.«

Freya schob ihre Brille hoch. »Okay, okay. Ich durchsuche den Schrank. Guck du unter dem Bett.«

Freya zog die Schranktür auf. Erneut traf sie der Geruch von Veilchen, stärker diesmal. Der Schrank war voller Kleider, die ordentlich gebügelt und nach Farben sortiert waren. Stirnrunzelnd tastete sie die seidenen Kleider ab. »Wer benutzt überhaupt den Schrank in Hotels? Ich dachte, alle leben aus dem Koffer.«

»Apropos«, sagte Teddy. »Hilf mir hier mal.«

Er steckte halb unter dem Bett, nur seine wackelnden Beine guckten heraus.

Freya legte sich neben ihn auf den Bauch und spähte unter das Bett, wo Ms Oleanders Koffer lag, den Freya bei ihrer Ankunft die Treppen hochgeschleppt hatte. Teddy hatte eine Hand am Griff. Freya tat es ihm nach und benutzte ihre andere Hand, um sich nach hinten zu ziehen. Beengte Räume fand sie nie besonders toll, und es fühlte sich an, als würde das Bett ihr auf den Kopf drücken. Sie wand sich auf dem Teppich und bewegte sich qualvoll langsam zurück. Teddy ächzte neben ihr. Schließlich war der Koffer weit genug am Rand des Bettes, sodass sie sich hinsetzen und ihre Füße gegen den Bettrahmen stemmen konnten, um ihn als Gegengewicht zu benutzen.

Keuchend ließ Teddy sich auf den Rücken fallen.

Freya stieß ihm in den Bauch. »Dafür ist keine Zeit«, sagte sie und zeigte ungeduldig auf das Vorhängeschloss am Koffer. »Irgendwelche Ideen?«

Teddy verzog nachdenklich das Gesicht. Er nahm das Schloss in die Hand und drehte bedacht an den Zahlrädern, bis sie »313« lasen, und zog einmal kräftig. Nichts passierte. Frustriert zischte er.

Diesmal ließ Freya sich auf den Rücken fallen. »Also, das hat ja gut geklappt.«

»Gib mir mal eine Minute«, sagte er und schloss die Augen.

Kurz darauf sah er wieder hinunter auf das Schloss und drehte ein Rad mit einem Fingernagel weiter. 314. Das Schloss sprang auf. Er jubelte freudig, weshalb Freya ihm eine Hand auf den Mund drückte.

Er schob sie weg. »Sie ist doch weg«, sagte er mürrisch.

»Ja, aber meine Granny ist immer noch unten. Ich will nicht, dass sie sich über den Lärm in Ms Oleanders Zimmer wundert.«

Teddy grinste. »Du könntest ihr einfach erzählen, dass ich ein Geist bin.«

»Wie lustig«, sagte Freya. »Komm schon, sieh nach, was sie da eingeschlossen hat.«

Sie öffneten die Schnallen des schweren Koffers und stemmten ihn auf.

»Jackpot«, hauchte Freya.

Dokumentenstapel in ordentlichen Bündeln angeordnet. Karten von Edge, Zeichnungen von der Promenade, Skizzen von den Bauentwürfen.

»Wir müssen vorsichtig sein«, sagte Freya. »Alles muss so aussehen wie vorher.«

Sie fischte ihr Handy heraus, stand auf und machte ein Foto. »So können wir es wieder genauso anordnen«, erklärte sie.

»Schlau«, sagte Teddy nickend. Als er Freyas überraschten Blick sah, verdrehte er die Augen. »Okay, komm wieder runter. Selbst eine stehengebliebene Uhr liegt zweimal am Tag richtig.«

Freya schnaubte und setzte sich wieder hin. Sie holte den ersten Stapel heraus, zog das Gummiband ab und blätterte die Dokumente durch.

»Ist schwierig zu sagen, was nützlich sein könnte«, sagte sie und sah die Zettel voller Zahlen mit zusammengekniffenen Augen an.

»Dann sollten wir am besten alles fotografieren.«

Systematisch arbeiteten sie sich durch die Papiere. Da sie nicht wussten, wann Ms Oleander wieder zurück sein würde, mussten sie schnell sein und genau überprüfen, ob die einzelnen Fotos nicht unscharf waren. Freya knipste und reichte jedes Blatt anschließend an Teddy weiter, der sie wieder zusammenband und beiseitelegte, um sie später wieder im Koffer anzuordnen.

»Gott sei Dank«, sagte Freya, als sie den Boden des Koffers sehen konnte. Sie streckte die Arme über dem Kopf aus, wodurch ihr Rücken zufriedenstellend knackte. Als sie die Hände wieder herunternahm, stieß eins ihrer Handgelenke an die Spitze des Bleistifts, den sie in ihre Haare gedreht hatte. Sie drückte die Hand an den Mund. Kein Blut. Gut. Bei Blut wurde ihr mulmig.

Sie zog den Stift aus ihren Haaren, sodass sie um ihr Gesicht fielen. Dann nahm sie sie wieder zusammen und drehte sie zu einem Knoten, den sie wieder mit dem Stift fixierte. Da kam ihr eine Idee. Sie schnappte sich einen von Teddys Stapeln.

»Pass doch auf!«, sagte dieser empört. »Was machst du denn da?«

Freya blätterte durch den Stapel, bis sie bei einer Karte von Edge ankam, auf der Linien und vereinzelte Pfeile eingezeichnet waren.

»Wir haben Fotos von allem, richtig?«, fragte sie.

»Ja, außer du hast irgendwas versemmelt.«

»Richtig«, sagte sie grinsend, »also gibt es keinen Grund, warum wir es ihr einfach machen sollten.«

Sie radierte einige der gepunkteten Linien weg und zeichnete sie an völlig anderen Stellen wieder ein.

Teddy grinste sie an. »Ich hätte nie gedacht, dass ich das mal sagen würde«, sagte er, »aber mir gefällt deine Art zu denken.«

Sie lachten beide, dann legten sie die Dokumente wieder zurück in den Koffer, aber veränderten die Karten an allen möglichen Stellen. Sie waren so in ihre Arbeit vertieft, dass sie die Schritte erst hörten, als sie schon im Flur angekommen waren. Freyas Augen wurden groß, und Teddy spiegelte ihre Panik wider. Sie wirbelte herum, drückte den Koffer mit beiden Beinen wieder unters Bett und schob sich selbst hinterher. Teddy war nur eine Sekunde langsamer und zog die Füße gerade unter das Bett, als der Schlüssel in der Tür gedreht wurde.

Freya drückte sich eine Hand auf den Mund, um den Klang ihres Atems zu unterdrücken, als Ms Oleander das Zimmer betrat. Neben ihr spannte Teddy sich an, als Ms Oleanders Lacklederstiefel in Sicht kamen, nur wenige Zentimeter von ihren Gesichtern entfernt. Freya wünschte, sie könnte sich auf den Rücken drehen, aber dafür war nicht genug Platz. Es war so schon kaum genug Platz für sie beide. Teddy hatte sich um den Koffer gewickelt, einer seiner Arme war in einem unangenehmen Winkel unter seinem Körper gefangen. Er verzog das Gesicht vor Schmerzen, aber konzentrierte sich darauf, langsam und flach zu atmen.

»Hallo?«, sagte Ms Oleander.

Vor Angst hämmerte Freyas Herz gegen ihre Rippen. Teddys Fingerknöchel auf dem Koffer waren ganz weiß.

Dann sagte Ms Oleander: »Ja, ich bin's.«

Vor Erleichterung wurde Freyas Sicht ganz verschwommen, und sie spürte, wie Teddy sich neben ihr entspannte. Ms Oleander telefonierte.

»Richtig«, sagte sie. »Alles ist vorbereitet.«

Es war still, während die Person am anderen Ende der Leitung etwas sagte. Freya spitzte die Ohren, konnte aber nur das entfernte Rauschen einer Stimme hören. Es war unmöglich, ein Wort zu verstehen.

Ms Oleander lachte – ein kalter, unangenehmer Laut. »Nein, sie haben keine Ahnung. Sie haben mich förmlich angefleht, sie ihnen abzunehmen.«

Wut schoss Freya durch den Körper. Sie ballte die Fäuste und biss die Zähne fest zusammen.

Es folgte wieder Gemurmel von der anderen Stimme.

»Kein Problem. Sobald der Verkauf über die Bühne gegangen ist, reißen wir alles ab und fangen an zu graben.«

Für ein paar Sekunden war es still.

»Okay, bis bald.«

Ein leises Piepen ertönte, als Ms Oleander den Anruf beendete. Sie seufzte zufrieden und ließ sich aufs Bett fallen. Die Bettfedern quietschten laut, und Freya verzog das Gesicht, als die Matratze noch weiter heruntersackte. Teddy schaute sie mit einem »Was jetzt?«-Blick an. Aber Freya hatte keine Ahnung. Soweit sie das beurteilen konnte, blieb ihnen keine andere Wahl, als genau dort zu bleiben, wo sie waren. Sie hatte eine schreckliche Vision davon, wie sie die ganze Nacht unter dem Bett feststeckten. Die Augen zu schließen, half ihr ein wenig, da sie sich dann weniger eingeklemmt vorkam, aber so befürchtete sie, dass sie einschlafen könnte. Ms Oleanders Nägel klackten auf ihrem Handybildschirm, und die Matratze gab jedes Mal ein gequältes Ächzen von sich, wenn sie sich bewegte.

***

Freya hatte keine Ahnung, wie lange sie schon unter dem Bett lagen. Es war zu dunkel, um zu erkennen, ob sich das Tageslicht draußen veränderte, und sie wagte es nicht, auf ihr Handy zu schauen, da die Geräusche oder das Licht sie verraten konnten. Sie schlug sich eine Hand vor den Mund, um ein Keuchen zu unterdrücken, als Ms Oleanders Schuh vor ihr auftauchte. Sie verzog das Gesicht. Wer legte sich mit Schuhen aufs Bett?

Vor sich hin summend, wanderte Ms Oleander durch das Zimmer. Plötzlich packte Freya die panische Angst, dass sie nach ihrem Koffer greifen und sie entdecken könnte. Doch zu Freyas unendlicher Erleichterung marschierte sie ins Bad. Freya hielt den Atem an, als das Schloss mit einem Klick zuging. Kurz darauf folgte das Rauschen der Dusche.

Sie stupste Teddy an und nickte. *Jetzt*. Sie krochen so lautlos wie möglich unter dem Bett hervor und liefen auf Zehenspitzen zur Tür. Freya drückte die Klinke, so leise es ging, herunter und zog sie sanft hinter sich zu. Das Geräusch von laufendem Wasser ließ nach. Freya konnte nicht sagen, ob es aufgehört hatte oder die Tür es nur abschirmte, aber so oder so machten sie auf dem Absatz kehrt und flohen. Sie blieben erst stehen, als sie in Teddys Zimmer angekommen waren.

SECHZEHN

Jeden Abend in dieser Woche brüteten Freya und Teddy nach der Schule über den Karten. Da die Sonne immer noch gegen fünf Uhr unterging, war es zu dunkel, um die Höhlen zu erkunden. Und wenn sie schon bis Samstag warten mussten, wollten sie gut vorbereitet sein.

Anscheinend wusste Ms Oleander ziemlich genau, wo sich der Schatz befinden sollte. Sie hatte eine bestimmte Höhle auf der Karte eingekreist, aber die Stadt selbst war voller Fragezeichen. Ganz offensichtlich wusste sie nicht, ob einer der Schmugglertunnel zur richtigen Höhle führte.

»Kein Wunder, dass sie in unserem Keller herumgeschlichen ist«, sagte Freya. »Sie muss nach Tunneln gesucht haben.«

»Tja, das hätte sie sich sparen können«, sagte Teddy. »Ich bin schon am ersten Tag dort gewesen, als du in der Schule warst, und ich habe nur einen Haufen alter Weihnachtsdekoration gefunden.«

»Und ich schätze, jetzt braucht sie sich die Mühe nicht mehr zu machen, da sie ohnehin die ganze Promenade abreißen lässt. Sie wartet nur auf die Gelegenheit, mit dem Graben anfangen zu können.«

Granny Kate war ausgegangen, daher waren die beiden in Freyas Zimmer, das einen größeren Tisch besaß. Sie beobachtete Teddy dabei, wie er ihre Skizzen und Erfindungen begutachtete und dabei versuchte, nicht beeindruckt auszusehen. Sie glichen die Karten mit Fotos ab, die Freya gemacht hatte – vom Strand und auch von den Höhlen, die Teddy bereits untersucht hatte, bevor Freya ihn gefunden hatte. Er saß über Freyas Handy gebeugt da, ein Bleistift steckte hinter seinem Ohr, und er hatte eine Konzentrationsfalte auf der Stirn.

»Glaubst du wirklich, es könnte ein riesiger Schatz genau unter unseren Füßen liegen?«, fragte Freya.

Er blickte zu ihr auf. »Klar, warum auch nicht? Glaubst du etwa nicht daran?"«

»Weiß nicht«, sagte Freya und kratzte sich mit ihrem Stift am Kinn. »Es klingt irgendwie lächerlich. Ein vergrabener Schatz. Wie aus einem Film.«

»Kommt da noch ein ›Aber‹, oder redest du dir die Idee gerade aus?«

Freya schüttelte den Kopf. »Nein, auf keinen Fall. Hier hat es Piraten gegeben. Das wissen alle. Und es wäre nicht das erste Mal, dass ein Erwachsener auf der Suche nach einem verborgenen Schatz nach Edge kommt und etwas Verrücktes tut.«

Teddy nickte. »Die Sache mit dem Diamanten. Davon habe ich gehört.«

Freya beugte sich über den Tisch und ordnete die Teile ihrer Rätselkiste so an, dass sie den Deckel öffnen konnte. »Das haben wir vor kurzem gefunden. Sag mir, dass das nicht nach einem Schatz aussieht.«

Sie flickte ihm die Münze, die sie und Lin gefunden hatten, mit dem Daumen zu. Diese drehte sich in der Luft und fing das Licht ein.

Teddy fing sie auf und fuhr mit dem Finger darüber. »Ist sie aus echtem Gold?«

Freya zuckte die Achseln. »Denke schon. Ich habe nachgeschlagen, wie man echtes Gold erkennen kann. Wenn es unecht wäre, würde es bei Berührung mit Essig seine Farbe verändern.«

»Das ist cool. Und das hat es nicht?«

»Nö. Jedenfalls habe ich nichts davon gesehen.«

»Hast du draufgebissen? Das habe ich mal gesehen.«

»Was soll das bringen?«

»Keine Ahnung. Ich habe es nur bei anderen gesehen.«

»Also, auf diese Münze wirst du sicher nicht draufbeißen. Gib sie zurück.«

Teddy hielt die Münze in seinen Fingern hoch. »Ich werde schon nicht draufbeißen. Also weißt du nicht, ob sie wertvoll ist?«

»Nee. Ich will sie trotzdem behalten. Manche Dinge sind zu schön, um sie zu verkaufen.«

Teddy nickte und war einen Moment lang still. Dann gab er Freya die Münze zurück. Seine Hand hatte sie gewärmt.

»Das ist ein ziemlich guter Anfang«, sagte er. »Vielleicht hast du einen Riecher für Schätze.«

Freya lachte. »Ich habe was Besseres: einen Metalldetektor.« Sie presste die Lippen zusammen, aber es war zu spät.

Teddys Kopf schnellte hoch. »Warum höre ich erst jetzt davon?«

Freya ließ den Blick sinken.

»Hast du nicht daran gedacht, dass ein Metalldetektor beim Finden eines Schatzes hilfreich sein könnte? Kaufen Menschen nicht genau dafür solche Geräte?«

Freya zuckte mit den Schultern. »Na ja, ich habe ihn gerade nicht hier.«

»Wie meinst du das? Wo ist er?«

»Jemand anderes hat ihn.«

Mit gehobener Augenbraue wartete Teddy auf mehr Einzelheiten.

Freya machte mit ihrem Daumennagel Kratzer in die Oberfläche ihres Holztisches.

»Wer leiht sich denn einen Metalldetektor?«, fragte Teddy. »Es ist ja schon seltsam, wenn man überhaupt einen besitzt.«

»Nur so ein Mädchen. Wir haben ihn zusammen gekauft, und er ist bei ihr.«

»Okay. Dann gehen wir ihn holen.«

Freya seufzte tief. »So einfach ist das nicht.«

»Äh, doch, ist es. Wir brauchen ihn, sie hat ihn, also gehen wir ihn uns holen.«

Freya verdrehte die Augen so stark, dass man es ihrem ganzen Körper ansah. »Na gut. Aber *ich* gehe ihn holen. Du bleibst hier.«

Abrupt setzte Teddy sich auf. »Warum?«

»Entspannst du dich mal? Ich habe nicht vor, ohne dich auf Schatzjagd zu gehen. Es ist nur so, dass die Situation zwischen mir und diesem Mädchen gerade etwas schwierig ist, mehr nicht.«

Teddy gähnte betont.

Freya brodelte innerlich, während sie ihre Füße energisch in die Stiefel schob. »Dauert nicht lange«, sagte sie und schnappte sich ihren Mantel vom Haken an ihrer Tür. »Wenn ich jetzt gehe, bin ich zurück, bevor es dunkel wird. Fass meine Erfindungssachen nicht an. Ich habe ein System, und du bringst es nur durcheinander.«

Teddy versuchte, so auszusehen, als wären ihre Sachen das Langweiligste, das er sich vorstellen konnte. Aber er hatte ein Funkeln in den Augen, das sie glauben ließ, er würde absolut alles davon anfassen.

Beim Empfang stieß sie unerwartet auf Granny Kate.

»Oh!«, sagte diese. »Ich dachte, du bist unterwegs.«

»Ich gehe gerade. Ich dachte, du bist unterwegs«, entgegnete Freya.

»Nun, das war ich auch. Nur kurz. Ich war bei der Bäckerei.«

Freya beäugte den Teller in Granny Kates Händen, auf dem Sahneschnitten und kleine dreieckige Sandwiches ordentlich angerichtet waren. Sie hob eine Augenbraue.

»Das ist aber ein wenig chic für einen Nachmittagstee«, sagte sie. »Sieht dir gar nicht ähnlich, zwei Stücke Kuchen zu essen.«

Granny Kate wurde sehr rot und setzte einen hochmütigen Blick auf. »Die sind nicht beide für mich.«

»Oh?« Freyas Miene wurde düster. »Du wirst mir doch jetzt nicht erzählen, dass du Ms Oleander Sahneschnitten kaufst?«

»Natürlich nicht! Ich habe auch Freunde, weißt du.«

Freya stemmte die Hände in die Hüften. »Ach wirklich? Wen denn?«

»Ich frage dich doch auch nicht, was du mit deinen ganzen Freunden machst«, sagte Granny Kate.

Freya hob eine Augenbraue. Zuerst hatte sie es gar nicht so genau wissen wollen. Sie hatte eher deshalb gefragt, weil sie abschätzen wollte, ob eine Sahneschnitte für sie übrig bleiben würde. Doch jetzt war sie definitiv neugierig.

»Äh, doch, tust du«, sagte Freya.

Granny Kate wurde noch röter. »Nun, Mr Bajwa meinte, er würde vielleicht kurz reinschauen, wenn er mal hier vorbeikommt.«

Freya verbiss sich ein Grinsen. »Ach, hat er das?«

»Du brauchst mich gar nicht so anzugucken. Es ist vollkommen normal für mich, dass ein Freund zu Besuch kommt.«

»Natürlich. Deshalb hast du auch Lippenstift aufgetragen.«

Granny Kate schubste Freya mit der Hüfte zur Seite. »Das reicht jetzt. Na los, geh dahin, wo auch immer du hinwolltest, und lass mich in Frieden.«

Freya schaffte es, das Lachen zu unterdrücken, bis sie außer Sichtweite war, doch dann brach sie in hilfloses Kichern aus. Als sie die Tür der Pension öffnete, war der Wind so schneidend wie immer, aber ihr Herz wurde leichter, als sie den Weg entlangging, wo die ersten Narzissen langsam ihren Kopf aus den Blumenbeeten erhoben. Sie erfreuten Freya stets – ein Bündel aus gelbem Sonnenschein nach dem gefühlt dunkelsten Monat des Jahres.

Einmal hat es im März so sehr geschneit, dass die Stadt vollkommen abgeschottet gewesen war. Freya erinnerte sich noch, wie Granny Kate vom Supermarkt nach Hause kam und mit dem Arm voller Narzissen gerufen hatte: »Es gab kein Brot im Laden, aber *sieh mal!*« Die Blumen waren eine Erinnerung daran, dass der Frühling kurz bevorstand, dass bald wieder Leben in die Stadt kommen würde. Obwohl fraglich war, wie das dieses Jahr aussehen würde. Wenn Ms Oleander ihren Willen bekam, würde die Promenade bis zum Sommer vollkommen abgerissen sein.

Die Gedanken an den Frühling verließen ihren Kopf, als sie sich Lins Tür näherte. Sie wappnete sich, trat durchs Gartentor und klingelte nach kurzem Zögern. Selbst das fühlte sich seltsam an. Bis jetzt hatte sie praktisch zur Einrichtung gehört, weshalb sie immer direkt zum Hintereingang marschiert war und sich mit einem Rufen angekündigt hatte, wenn sie bereits drinnen war. Vielleicht würde Lins Mutter die Tür öffnen, oder Mei, dann könnte sie einfach schnell den Detektor holen, ohne …

Lin öffnete die Tür, und ihr Mund bildete ein kleines »O«, als sie Freya auf der Stufe stehen sah. Dann brach ein Lächeln auf ihrem Gesicht aus, das Freya im Herzen wehtat.

»Freya, Gott sei Dank«, sprudelte es aus ihr heraus. »Ich wusste nicht, ob ich weiter anrufen sollte oder ob das dich noch mehr nerven würde und ich dir lieber mehr Zeit lassen sollte. Ich wollte nur –«

»Ich komme nicht rein. Ich wollte nur den Metalldetektor holen.«

Lins Lächeln wankte. »Oh. Bist du –«

»Ich will nicht mit dir reden«, sagte Freya. Auch wenn sie es plötzlich doch wollte. Sie wollte ganz dringend mit ihr reden. Sie wollte ihr unbedingt von Teddy erzählen und dem Schatz und der Tatsache, dass Granny Kate heimlich Sahneschnitten für Harpreets Großvater kaufte.

»Können wir einfach –«

»Nein«, sagte Freya. »Nein, können wir nicht.«

Lin kippte einen Fuß auf die Seite, sodass ihr Gewicht auf dem gekrümmten Fußgelenk ruhte. »Mei organisiert einen Protest«, sagte sie, »am Tag vor dem Verkauf. Als letzten Versuch, den Rat umzustimmen. Das wäre etwas lauter als eine Petition und dadurch schwerer zu ignorieren.«

»Mir egal«, sagte Freya.

»Ich dachte nur, vielleicht könnten wir –«

Freya entdeckte den Metalldetektor hinter Lin an der Wand lehnen, also griff sie danach und lief den Weg zurück, bevor die Tränen, die sich in ihren Augen sammelten, die Gelegenheit hatten herunterzulaufen. Sie ignorierte Lins Rufe und lief, bis sie bei der Ufermauer außer Sichtweite war. Dort setzte sie sich auf die Mauer und weinte. Die Spuren der Tränen brannten in der Kälte, ihre Nase tat weh, und das Ganze war so erbärmlich, dass sie noch mehr weinen musste.

»Freya?«

Freya blickte auf und sah direkt in Ms Oleanders Gesicht. Schnell wischte sie sich mit dem Ärmel über die Nase.

»Was ist los?«, fragte Ms Oleander.

»Sie meinen, abgesehen von der Tatsache, dass ich in einer Woche mein Zuhause verliere?« Freya blinzelte die Tränen fort.

Ms Oleander schloss die Augen, als fände sie die ganze Unterhaltung einfach geschmacklos. Als sie sie wieder öffnete, hatte sie wieder ihr Kunden-Lächeln aufgesetzt. Um das Thema zu wechseln, nickte sie in Richtung des Metalldetektors in Freyas Armen. »Das ist ja mal ein interessantes Gerät. Was hast du damit vor?«

Freya lächelte süß. »Einen Schatz finden.«

Und damit drehte sie sich um und ging zurück zur Pension, wobei sie über Ms Oleanders Gesichtsausdruck lachte.

SIEBZEHN

Am Samstagmorgen machten sich Freya und Teddy früh auf den Weg, nachdem sie sich bei Sonnenaufgang aus dem Bett geschleppt hatten. Die Straßen waren ruhig, der Strand vollkommen verlassen. Freya hievte den Metalldetektor auf eine Schulter und sprang auf den Sand. Vom Meer aus kamen Nebelwellen herangerollt. Freya fühlte sich, als würde sie durch Wolken wandern. Sie marschierten vorwärts, während der Nebel ihnen die Sicht versperrte, und machten kleine Schritte mit ausgestreckten Armen. Es war so seltsam, als würde der Strand vor ihnen immer wieder verschwinden und auftauchen. Ihre Schritte platschten leise.

Plötzlich blieb Teddy stehen. »Ich glaube, uns folgt jemand«, flüsterte er.

Freya drehte sich um, sah aber nichts außer dem wabernden Nebel hinter sich. Sie schüttelte sich und ging weiter. »Sind nur Echos«, sagte sie und lauschte auf die Schritte, die nur eine Sekunde nach ihren eigenen ertönten.

Doch je länger sie marschierten, desto weniger sicher war sie sich. Sie spürte das Kribbeln eines Blickes an ihrem

Nacken. Sie dachte an all die Male, an denen sie sich so gefühlt hatte, all die Male, in denen sie davon überzeugt gewesen war, dass etwas Schreckliches sie im Blick hatte. Es war nur ihre Fantasie.

Doch dann erklang ein »Uff« hinter ihnen, das Geräusch von etwas Weichem, das auf Stein prallte, und Freya schrak einen halben Kilometer in die Luft. Teddy sprang in den Nebel und kam mit jemandem zurück, den er am Kragen gepackt hatte.

»Ich habe dir doch gesagt, dass uns jemand folgt! Ms Oleander hat uns eine Spionin auf den Hals gehetzt!«

Freya stöhnte. »Sie ist keine Spionin. Lin, was machst du hier?«

Empört befreite Lin sich. »Was *ich* hier mache? Was machst du hier? Am Strand mitten im dichten Nebel. Du bettelst geradezu danach, ins Meer zu fallen.« Sie horchte auf. »Warte, Ms Oleander? Hast du etwas gefunden?«

Stur presste Freya die Lippen zu einer schmalen Linie zusammen.

Teddy sah zwischen ihnen hin und her. »Und wer bist du?«

Lin stemmte die Hände in die Hüften. »Wer ich bin? Wer bist du denn?«

»Drehst du jede meiner Fragen einfach um? Denn das klingt genau nach dem, was eine Spionin machen würde, um von sich abzulenken.«

»Keine Ahnung«, sagte Lin absolut ausdruckslos. »Drehst *du* jede meiner Fragen um?«

Verdutzt blinzelte Teddy sie an, dann grinste er. »Ich mag sie.«

»Tja, ich nicht«, sagte Freya.

Lins Wagemut geriet ins Wanken. »Freya, bitte, können wir reden? Du sollst wissen, wie leid es mir tut.«

»Nein«, sagte Freya. »Ich will nicht darüber reden. Ich bin zu verletzt.«

Teddy stöhnte. »Können wir das mit diesen Gefühlen nicht gerade jetzt machen? Wir haben keine Zeit.«

Lin ignorierte ihn. »Freya, es tut mir leid. Wirklich. Du hattest absolut recht. Ich war gemein und gedankenlos, und ich habe nicht darüber nachgedacht, wie groß deine Angst sein würde.«

Freya verschränkte die Arme.

Vorsichtig machte Lin einen Schritt auf sie zu. »Und dann habe ich gesehen, was für einen großen Fehler ich gemacht habe, und in meiner Panik habe ich schreckliche Sachen gesagt, die ich gar nicht so meinte. Du bist meine beste Freundin. Ohne dich geht es mir furchtbar schlecht.«

Freya spürte, wie das Gift in ihr langsam verschwand. Teddy sah sie an. »Du musst zugeben, das war eine ziemlich gute Entschuldigung. Sogar ich fühle mich irgendwie bewegt.«

Freya sah nach unten und kämpfte gegen das Lächeln an, das sich auf ihrem Gesicht ausbreiten wollte. Sie setzte ihren ernstesten Ausdruck auf und schaute Lin an. »Na gut«, sagte sie. »Ich vergebe dir, du schrecklicher Albtraum. Aber –«

Der Rest ihrer Ansprache wurde von Lins Steppjacke verschluckt, als Lin sie in eine dicke Umarmung zog.

»Oh Mann, Gott sei Dank. Ich bin total durchgedreht«, sagte Lin, während sie Freya den Atem abdrückte.

»Okay, die Gefühlsduselei ist vorbei. Gut gemacht, Leute«, sagte Teddy. »Können wir jetzt *bitte* weitergehen?«

Freya zog Lin mit und weihte sie dabei in den Plan ein. Die Höhle, auf die die Karten verwiesen, befand sich am Rand des Strandes, wo der Sand sich in einem winzigen Streifen zwischen dem Meer und den zerklüfteten Klippen verlief. Wenn die Karten korrekt waren, würde der Tunnel sie vom Meer wegführen, tief unter die Stadt.

Freya wandte sich an ihre Freunde. »Bereit?«

»Ganz und gar nicht«, sagte Lin.

»Wunderbar. Dann los.«

Der Höhleneingang glitzerte im kalten Morgenlicht, der dünne Strahl ihrer Taschenlampe fiel auf schroffe Säulen, überzogen mit Frost, der wie Edelsteine funkelte. Dahinter verschwand der Lichtstrahl, wurde vom dunklen Schlund der Höhle verschlungen. Lin hatte die Taschenlampe, Teddy die Karten, und Freya schwang den Metalldetektor vor ihnen her, sein fremdartiges Surren klang in der stillen Schwärze sogar noch seltsamer. Die Dunkelheit war fast flüssig, sie bewegte sich und pulsierte um sie herum. Freyas Augen spielten ihr Streiche, scheinbare Bewegungen in ihrem Augenwinkel ließen sie herumwirbeln und in die Leere spähen. Schließlich zwang sie sich, den Blick auf den Lichtkegel vor sich gerichtet zu halten.

Das lebhafte Geplauder der drei hallte an den Wänden um sie herum wider und sprang in seltsam spottenden Echos umher. Nach einer Weile verstummte selbst Lin. Freya hielt die Stille für noch schlimmer, doch sie konnte sich nicht dazu bringen, sie zu brechen. Der Metalldetektor piepte vor ihnen, und Freya blieb stehen und lenkte das Licht der Taschenlampe auf eine bestimmte Stelle. In einer kleinen Pfütze vor ihnen glänzte eine Kupfermünze. Nicht unbedingt ein Schatz, aber Freya steckte sie trotzdem in ihre Tasche. Als Glücksbringer.

Sie zuckte zusammen, als der Metalldetektor auf etwas Hartes stieß. Das Klappern war so laut, dass Lin vor Schreck die Taschenlampe fallen ließ. Das Licht zuckte wild herum, erhellte dunkle Nischen und erfüllte Freyas Gedanken mit seltsamen Formen.

»Sorry«, sagte sie und bückte sich, um die Taschenlampe aufzuheben und sie Lin zurückzugeben.

Lin leuchtete damit nach vorne. Sie waren bei einer scheinbar unpassierbaren Wand angekommen. Freya war froh, dass der Detektor dagegen gestoßen war und nicht ihr Gesicht. Der Fels war schwarz und mit einer Kruste aus Seepocken überzogen, die an Freyas Haut zerrten, als sie mit den Fingerspitzen über die Oberfläche fuhr. Meerwasser plätscherte in kleinen Rinnsalen um glitschige Büschel Seegras.

»Was jetzt?«, fragte Lin.

»Wir müssen die falsche Höhle erwischt haben«, sagte Freya.

»Kann nicht sein«, sagte Teddy. »Komm mal mit der Lampe hier rüber.«

Lin gehorchte ganz ohne einen altklugen Spruch. Freya drückte ihren Kopf zwischen die beiden, und sie starrten alle zusammen auf die Karte herunter.

»Es ist definitiv die richtige«, sagte Teddy. Sein Finder zeichnete eine Linie von den Stufen beim Strand bis zu den Klippen, bei denen sie sich gerade befanden. »Seht ihr? Von da sind wir gekommen. Und hier müssten wir gerade sein.«

»Also muss es hier irgendwo einen Durchgang geben«, sagte Freya.

»Nur ist da keiner«, sagte Teddy.

»Warte mal«, sagte Lin. »Was ist das?«

Sie zeigte mit der Taschenlampe nach links. Dort war eine dunkle Stelle. Freya hatte sie übersehen, weil sie farblich fast genauso aussah wie der Rest, doch jetzt, wo das Licht darauf fiel, erkannte sie eine Lücke. Sie klopfte Lin auf den Rücken. Gelegentlich war ihre wandernde Aufmerksamkeit auch mal nützlich.

Freya hievte den Metalldetektor auf ihre Schulter, und sie folgten dem Lichtstrahl zum Loch in der Wand. Es war ungefähr auf Hüfthöhe und sah nicht aus, als könnte man darin aufrecht stehen. Die Dunkelheit darin wirkte fest, aber als Freya die Arme hineinstreckte, fand sie nur leere Luft vor. Sie wandte sich an ihre Freunde. Sie sahen alles andere als begeistert aus.

»Ladies first?«, fragte Teddy.

Lin verdrehte die Augen, schob sich zwischen den anderen beiden durch und drückte sich hoch ins Loch. Sie konnte sich nicht aufrichten, also machte sie seltsame Bewegungen wie ein glitchender Charakter aus einem Videospiel. Dann verschwand sie im Boden und nahm das Licht mit sich.

ACHTZEHN

Sofort waren sie vollkommen von Dunkelheit umgeben. Panik ergriff Freya.

»Lin!«, rief sie und tastete hektisch die Wand auf der Suche nach dem Vorsprung ab.

»Alles gut«, kam Lins Stimme.

Es ertönten ein paar schlurfende, ächzende Laute, und Lins Kopf tauchte wieder auf. Freya hätte vor Erleichterung umfallen können, allerdings war sie sich nicht sicher, ob sie sich mehr über Lin oder über die Taschenlampe freute.

»Da ist ein Abgrund«, sagte Lin. »Der Boden verschwindet einfach, und ich bin runtergefallen. Macht das nicht. Kommt langsam nach.«

Freya zog sich hoch in das Loch. »Alles okay? Bist du verletzt?«

»Nee. Das habe ich verdient, weil ich letztens so getan habe, als hätte mich die Höhle verschlungen. Bin komisch auf meinem Knöchel aufgekommen, kann aber noch drauf stehen.« Sie streckte eine Hand nach Freya aus. »Aber du bist verletzt, Dummchen.«

Freya blickte nach unten. Ihre Handflächen waren von den Felsen mit roten Schürfwunden übersät. Das war ihr bis jetzt gar nicht aufgefallen, doch nun fingen sie an zu brennen. Sie schüttelte den Kopf und wischte das Blut an ihrer Hose ab. »Mir geht's gut.«

Lin ließ sich wieder hinunterfallen und richtete das Licht nach oben, damit Freya sehen konnte, wo das Loch im Boden war. Teddy hielt ihr den Metalldetektor nach oben, den Freya hinter sich herzog. Das Geräusch von Metall auf Stein ließ sie das Gesicht verziehen. Es wäre ein Wunder, wenn das Gerät es in einem Stück aus der Höhle schaffte. Obwohl man das vermutlich auch von ihnen drei behaupten konnte. Sie versuchte, diesen Gedanken wegzuschieben, aber je mehr sie schob, desto größer wurde er. Sie hörte, wie Teddy hinter ihr herkletterte. Dass er ihr dadurch den Ausgang versperrte, versetzte sie in Panik, also biss sie die Zähne zusammen und beeilte sich.

Als sie beim Loch ankam, setzte sie sich hin, indem sie ihre Beine nach vorn zog. Sie zuckte zusammen, als der Fels in ihre wunden Hände drückte. Sie landete auf den Füßen, und Lin half ihr, als sie stolperte. Anschließend richtete Lin das Licht wieder nach oben, um Teddy bei seinem Sprung herunter den Weg zu weisen. Er schlug Freyas Hand weg, als diese ihm Halt geben wollte, und musste dann nach Lin greifen, weil er das Gleichgewicht verlor. Freya wandte sich ab, damit er ihr Kichern nicht sah.

Sie befanden sich in einer weiteren riesigen Höhle. Die Dunkelheit der Felsen erschwerte es ihnen, zu erkennen, wo sie endeten. Es sah aus, als könnten sie vielleicht endlos sein. Es war wie Schweben im All. Freya berührte das Gestein, um sich in Erinnerung zu rufen, dass sie eine feste Form hatte. Sie legte den Kopf nach hinten, um zu dem Loch hinaufzusehen, durch das sie gekommen waren. Dabei hoffte sie, dass sie einen Rückweg finden würden. Sie dachte darüber nach, sich mit einem Faden an einen Felsen zu binden, damit sie ihm zurückfolgen könnte, wie es Theseus in der griechischen Mythologie tat. Aber bei ihrem Glück würde sie sich nur darin verfangen oder ihn abreißen. Eine Spur aus Brotkrumen war außerhalb von Märchen auch nicht gerade zu empfehlen. Also holte sie ein Stück gelber Kreide aus ihrer Tasche, stellte sich auf die Zehenspitzen und malte einige Pfeile um das Loch herum. Sie leuchteten, wenn Lin das Licht der Taschenlampe darauf richtete. Freya hoffte, das würde reichen.

Sie sahen sich Teddys Karte an. In der feuchten Höhle rollten sich bereits die Ränder zusammen. Sie waren zu tief unter der Erde, um ihre Handys noch benutzen zu können, also drängten sie sich um Freyas Kompass zusammen. Teddy zog einen Stift hinter seinem Ohr hervor und zeichnete ihren bisherigen Weg ein. Sie hatten sich vom Meer entfernt und mussten sich jetzt genau an der Stelle befinden, wo der Strand auf die Promenade traf. Freya fühlte sich, als wären sie im Bauch einer gigantischen Kreatur. Das befand sich also im Herzen der Stadt. Sie hielt die Daumen gedrückt, dass sie im Zentrum etwas Glänzendes finden würden.

»Ich denke, es geht hier lang«, sagte Teddy und gab den Weg an.

Lin nickte und lenkte den Lichtstrahl in die Richtung, in die Teddy zeigte. Langsam bewegten sie sich über den unebenen Boden, und Freya blieb immer wieder stehen, um weitere Pfeile zu zeichnen. Auf dem rutschigen Boden waren lauter Pfützen, daher konnte Freya nur hoffen, dass die Pfeile halten würden. Theoretisch konnten sie einfach Teddys Karte zurückfolgen, doch sie wollte lieber ganz sicher sein, dass sie wirklich den Weg zurücknahmen, den sie gekommen waren. Sie versuchte zu ignorieren, dass sie sich stetig abwärtsbewegten.

»Sieht aus, als sollte hier irgendwo noch ein Tunnel sein«, sagte Teddy. »Sucht die Wände ab.«

Sie tasteten die Wände ab, und Freyas Finger schlossen sich um einen weiteren seltsamen Vorsprung. Das musste es sein. »Lin, hier drüben.«

Lin hielt die Taschenlampe in Freyas Richtung. Dort war tatsächlich eine Lücke im Felsen.

Freya bückte sich, um hineinzuspähen. »Da werden wir auf jeden Fall kriechen müssen«, sagte sie mit enger Kehle.

»Ist das auch sicher der Weg?«, fragte Lin.

Teddy zeigte auf die relevante Stelle auf der Karte. »Sieht aus, als wäre das die einzige Möglichkeit.«

Ein paar Minuten lang tasteten sie noch hoffnungsvoll nach einem größeren Tunnel, doch dies war die einzige Lücke.

Lin kniete sich hin, aber Freya legte ihr eine Hand auf die Schulter. »Nein, du bist beim letzten Mal schon zuerst gegangen. Diesmal gehe ich.«

»Bist du sicher?«

Nie zuvor hatte Freya sich weniger sicher gefühlt, trotzdem nahm sie Lin wortlos die Taschenlampe ab und schob sie beiseite. »Es sieht so aus, als wäre es nicht sehr lange so schmal«, sagte sie. »Sondern eher so, als würde es sich nach hinten hin öffnen.«

Das sagte sie den anderen genauso wie sich selbst. Sie klemmte sich die Taschenlampe zwischen Schulter und Ohr und bückte sich, um in den Tunnel zu spähen. Dann begab sie sich langsam in die Lücke hinein, während ihr das Herz bis zum Hals schlug. Ihr dicker Mantel schabte auf beiden Seiten gegen die Wände. Der Tunnel führte weiterhin abwärts, und Freya versuchte, nicht darüber nachzudenken, wie weit sie von der Oberfläche entfernt waren, wie jeder Schritt sie tiefer hinunterführt. Ihre Hände platschten in eine Pfütze, und sie hielt an. Lin stieß von hinten gegen sie. Vorsichtig streckte sie die Hand aus, um die Tiefe der Pfütze auszumachen. Ihr kamen entsetzliche Visionen, wie sie in ein eiskaltes Untergrundbecken fiel, wo sie dann blind nach dem nächsten Tunnel tauchen müsste. Sie biss die Zähne zusammen und schob ihre Hand vorwärts. Es folgte kein Abgrund.

Sie rief den anderen zu: »Der Boden hier ist nass, aber es ist nur eine Pfütze. Das Wasser ist nicht tief.«

Freya erschauderte, als sie hindurchkroch und ihre dicke Hose das Wasser aufsog, sodass sie an ihren Beinen klebte.

Hinter sich hörte sie Lin, die voller Ekel aufschrie. Der Tunnel wurde schmaler, kam von beiden Seiten näher und machte es immer schwerer, vorwärtszukommen. Und Freya war noch die Schmalste von ihnen.

»Sind noch alle da?«, rief sie.

»Gerade so«, ächzte Teddy von ganz hinten.

Freyas Brille rutschte ihr herunter, und sie schob sie energisch wieder hoch. Sie hatte genug Filme gesehen, um zu wissen, was mit dem Mädchen passierte, das seine Brille verlor. Der Tunnel wurde breiter, und Freya eilte auf die Öffnung zu, die sie am Ende sehen konnte. Sie platzte in einen großen, offenen Raum hinaus und lehnte sich schwer atmend an die Wand. Lin tauchte wenige Sekunden später auf, gefolgt von Teddy.

»Alles okay?«, fragte Lin.

Freya nickte. »Das war heftig.«

»Das war es. Du bist so tapfer.«

»*Wir* sind so tapfer.«

Freya hob die Arme über den Kopf, um die Knoten in ihren Schultern zu lösen. »Wohin jetzt?«

Teddy breitete die Karte auf dem Boden aus und streckte die Hand nach der Taschenlampe aus. Mit dem Bleistift zeichnete er das letzte Stück ihrer Reise ein. »Also, wenn wir jetzt hier sind«, er zeigte auf eine Stelle, »sollten von dieser Höhle mehrere kleinere abgehen. Und in einer davon sollte der Schatz sein.«

Freya stockte der Atem. Würden sie gleich wirklich in eine Schatzhöhle stolpern?

»Okay«, sagte sie. »Wir brauchen ein System. Machen wir es wie im Labyrinth: Legt eure linke Hand an die Wand und haltet die ganze Zeit Kontakt. So sollten wir theoretisch einmal alle Höhlen durchlaufen und wieder am Anfang ankommen.«

Dann zeichnete sie ein riesiges gelbes X auf ihren momentanen Standort.

»X markiert die Stelle«, sagte Lin.

Freya streckte die linke Hand aus, bis sie die Wand berührte. Die anderen machten es ihr nach, und gemeinsam folgten sie den gewundenen Linien der Höhle. Freya quiekte, als ihre Hand in einem Loch verschwand. Sie hatten die erste Höhle gefunden. Sie war viel kleiner als die anderen, in denen sie bis jetzt gewesen waren. Es dauerte nicht lange, sie einmal komplett mit der Taschenlampe zu durchleuchten und festzustellen, dass sie leer war. Also machten sie mit der nächsten weiter. Und mit der nächsten. Und der nächsten.

Freya biss sich kräftig auf die Unterlippe. »Bitte, bitte, bitte«, flüsterte sie, und es war ihr egal, ob die anderen sie hören konnten.

Der Strahl der Taschenlampe fiel auf etwas Leuchtendes vor ihnen. Ihr Herz machte einen Sprung, bevor er zu Stein wurde. Denn es war ihr gelbes X. Sie waren wieder am Anfang angekommen. Sie blieben stehen und starrten auf das X.

»Hier ist nichts«, sagte Teddy und klang dabei, als könnte er jederzeit in Tränen ausbrechen. »Hier ist nichts.«

Freya wirbelte herum, dorthin zurück, wo sie gerade hergekommen waren. »Es muss hier sein.«

»Was, meinst du, wir haben einen großen Haufen glänzendes Gold übersehen? Es ist nicht hier. Wir sind am falschen Ort.«

»Das ergibt doch keinen Sinn«, sagte Lin und griff nach der Karte. »Wenn wir der Karte richtig gefolgt sind, müssen wir richtig sein.«

»Wären wir am richtigen Ort, gäbe es hier einen Schatz«, sagte Teddy.

Freya sackte gegen die Wand und legte den Kopf in die Hände.

»Vielleicht wurde er wegbewegt«, sagte Lin. »Oder jemand war vor uns hier. Oder vielleicht irrt sich die Karte.«

»Nur hilft uns nichts davon«, sagte Freya. »Wenn wir den Schatz nicht finden, findet der Verkauf statt und Ms Oleander gewinnt.«

Lin ließ das Licht um sie herumschweifen. »Wenn jemand vor uns hier war, bekommt Ms Oleander den Schatz wenigstens nicht in die Hände.«

»Dadurch fühle ich mich auch nicht viel besser«, sagte Freya. »Dann wird sie mein Zuhause völlig umsonst abgerissen haben.«

»Außerdem«, sagte Teddy, »ist vermutlich einfach die Karte falsch. Wenn es hier unten einen Schatz gibt, wird sie ihn irgendwann finden. Sie kann einfach so lange herumgraben, bis sie ihn hat.«

»Vielleicht können wir dasselbe tun«, sagte Lin.

Freya legte ihr eine Hand auf den Arm. »Nein, können wir nicht. Ohne Karte wären wir nicht mal bis hierhin gekommen. Wir können auf keinen Fall ohne eine Art Führung durch die Tunnel geistern.«

»Aber das kann es doch nicht gewesen sein«, sagte Lin.

»Tja, ist es aber«, blaffte Teddy. Sein Gesicht leuchtete im Taschenlampenlicht, seine Sommersprossen standen im starken Kontrast zu seiner fahlen Haut.

Er drehte sich um und kroch durch den Tunnel, durch den sie gekommen waren, ohne überhaupt auf die Taschenlampe zu warten.

NEUNZEHN

Fast direkt nachdem sie nach Hause gekommen war, fühlte Freya sich irgendwie komisch. Sie war nicht sicher, ob es am ganzen Herumlaufen durch eiskalte Höhlen lag oder daran, dass ihr einfach alles zu viel wurde, aber das erste Mal seit langem fühlte sie sich so richtig schlecht.

Ihre Temperatur stieg an, und sie lag zitternd in kaltem Schweiß da. Ihr Hals fühlte sich an, als wäre er mit heißem Glas gefüllt. Wenn sie zu lange stand, tanzten Sterne vor ihren Augen. Sie schob Teddy einen Zettel unter die Tür, auf dem stand, dass er sich in der Küche bedienen sollte, und legte sich ins Bett, wo sie sich wie ein Oktopus um eine Wärmeflasche schlang. Granny Kate wickelte sie in Decken ein und legte ihr kalte Kompressen auf die Stirn, während Lin mit magischer Suppe und einem Update zu Meis Protest vorbeikam. Ihre Küche war zu einem wilden Gewusel geworden, in dem Leute Banner bemalten und Sticker verteilten. Freya blieb so still und reglos, wie sie konnte, damit es ihr besser ging, wenn die Zeit für den Protest kam.

Doch es verging ein Tag nach dem anderen, und ehe sie sich's versah, war schon wieder Samstag. Die Zeit war beinahe abgelaufen. Langsam wurde sie schrecklich wütend, was sie als gutes Zeichen deutete. Sie konnte einfach nicht glauben, dass der Stadtrat Ms Oleander die Promenade verkauft hatte. Sie konnte nicht glauben, dass nicht mehr Menschen die Petition unterschrieben hatten. Sie konnte nicht glauben, dass sie den Schatz nicht gefunden hatten. Sie konnte nicht glauben, dass sie krank im Bett lag, während ihre Freundinnen einen letzten Versuch starteten, um sie alle zu retten. Kräftig trat sie gegen ihren Schreibtisch, der gegen ihr Regal stieß, aus dem wiederum einige Gegenstände fielen und auf ihrem Kopf landeten. Das half ihrer Laune kein bisschen.

Sie rieb sich den Kopf, hob die heruntergefallenen Gegenstände auf und legte sie auf den Tisch. Darum würde sie sich später kümmern, wenn sie sich nicht so schlecht fühlte. Sie nahm sich ihre Rätselkiste aus dem Haufen und ließ sich aufs Bett plumpsen, wo sie neue und interessante Formen austüftelte. Wenigstens waren ihre eigenen Schätze darin sicher und außer Reichweite von Ms Oleander.

Plötzlich setzte sie sich kerzengerade auf, die Kiste fest in den Händen. Sie benutzte die Rätselkiste, um ihre Schätze sicher aufzubewahren. Wer sagte denn, dass die Piraten nicht möglicherweise dasselbe getan hatten? Ihre Gedanken rasten. Vielleicht hatten sie in der Höhle etwas übersehen. Sie hatten nach einem Schatz gesucht. Doch vielleicht hätten sie nach einem Rätsel suchen sollen. Sie zerbrach sich den Kopf, indem sie versuchte, sich das Innere der Höhle vorzustellen. Aber sie hatte nicht genug darauf geachtet, da sie nur nach etwas Großem und Glänzenden gesucht hatte. Wenn die Piraten gewollt hatten, dass ihr Schatz verborgen blieb, hätte sie nach einem richtigen Versteck suchen müssen.

Sie stand auf und testete ihre Balance. Ein paar Sterne tanzten am Rand ihres Sichtfeldes, aber nicht allzu dramatisch. Sie fühlte sich zum ersten Mal seit Tagen besser. Sie zog eine Jeanshose an, schob einen Kapuzenpullover über ihr Pyjamaoberteil, steckte die Rätselkiste in ihre Tasche und rannte zu Teddys Zimmer. Leise klopfte sie. Keine Antwort.

»Teddy!«, zischte sie. »Ich bin's, mach auf.«

»Geh weg«, kam Teddys Stimme. Es klang, als könnte er den Kopf unter der Decke haben.

»Nein, im Ernst, mach die Tür auf. Ich glaube, ich habe eine Idee.« Wieder keine Antwort. »Zwing mich nicht dazu, den Generalschlüssel zu holen.«

Da ertönte ein erderweichendes Seufzen, gefolgt von quietschenden Bettfedern und dem Klang von schlurfenden Füßen auf dem Teppich. Die Tür wurde nur ganz leicht geöffnet.

»Was willst du?«, fragte Teddy.

Freya drückte ihm beide Hände auf die Brust und schob ihn nach hinten. Sie betrat das Zimmer und schloss schnell die Tür.

Er sah sie zornig an, aber sie hielt ihre Handflächen nach vorne.

»Ich weiß, ich weiß. Du hasst mich. Und du willst mich nie wieder sehen, obwohl du in meiner Pension wohnst. Ich verstehe. Gib mir nur zwei Minuten.« Sie fischte die Rätselkiste hervor und warf sie ihm zu.

»Was soll das sein?«, fragte er, hielt die Kiste hoch und beäugte sie skeptisch.

»Öffne sie und schau«, sagte Freya.

Teddy verdrehte die Augen und zog einmal kräftig am Deckel. Nichts passierte. Stirnrunzelnd hob er sie auf Augenhöhe. Er schob die Finger unter den Rand des Deckel, klemmte sich die Kiste zwischen die Knie und zog erneut energisch daran.

»Sie klemmt«, sagte er und warf sie Freya zu. »War's das? Du hast sie kaputt gemacht und willst jetzt, dass ich sie für dich öffne?«

»Sie klemmt nicht«, sagte Freya und drehte die Teile der Kiste. »Sie ist verschlossen.«

Sie drückte einen Knopf, und der Deckel sprang auf.

Teddys Augenbrauen schossen in die Höhe. Er nahm die Kiste wieder zurück und machte den Deckel ein paarmal locker auf und zu. »Netter Trick«, sagt er schulterzuckend. »Und das interessiert mich, weil …?«

»Was, wenn wir in der Höhle etwas übersehen haben? So was eben.«

Teddy setzte sich aufs Bett und drehte die Kiste in seinen Händen. »Du denkst, die Piraten haben etwas gebaut, um ihren Schatz darin zu verstecken? Als wäre es nicht genug, ihn in einer Höhle zu vergraben?«

Freya setzte sich neben ihn. »Wäre es nicht, nein – nicht damals. Edge war ein Schmugglerparadies, in der ganzen Stadt sind Tunnel und so verstreut. In den Höhlen wäre damals viel mehr Verkehr gewesen als jetzt.«

Darüber dachte Teddy nach. »Es wäre möglich.«

»Oh ja. Und deshalb sollten wir es noch mal versuchen.« Freya hüpfte förmlich auf dem Bett auf und ab. »Komm schon, jetzt kennen wir den Weg und alles. Wir könnten vor dem Abendessen wieder zurück sein.«

Teddy schloss die Kiste mit einem Klicken und versuchte dann, sie wieder zu öffnen. Aber es ging nicht. Er zog die Augenbrauen zusammen. »Zeig mir, wie das funktioniert«, sagte er.

»Nein«, sagte Freya selbstzufrieden. »Das ist doch der springende Punkt. Ich bin die Einzige, die weiß, wie man sie öffnet.«

Noch einmal zog er kräftig daran, und als sie sich nicht öffnete, legte er die Kiste zwischen sie aufs Bett. Freya öffnete sie wieder und genoss den zornigen Ausdruck auf Teddys Gesicht.

»Und warum glaubst du, dass du eine Piratenversion davon öffnen könntest? Wenn nur eine Person das kann?«

Freya grinste. »Das ist eben mein Ding. Wenn wir es finden, kann ich es öffnen.«

Freya wünschte, sie würde sich nur halb so zuversichtlich fühlen, wie sie klang. Aber sie wusste, bei einem Vielleicht würde Teddy nicht mitmachen. Dass sie den Schatz beim ersten Mal nicht gefunden hatten, hatte ihm das Herz gebrochen. Sie wartete mit angehaltenem Atem.

Schließlich seufzte er. »Okay, gut. Ich schätze, einen Versuch ist es wert.«

»Juhu!«, jubelte sie und legte die Arme unbeholfen um ihn, wodurch sie in einer Position irgendwo zwischen einer Umarmung und einem Schwitzkasten landeten.

Grob schob er sie von sich, seine Ohren wurden rot, und er gab sich alle Mühe, nicht erfreut auszusehen.

Freya sah auf ihre Uhr. »Hey, wir sollten uns lieber beeilen, wenn wir Lin noch vor dem Protest erwischen wollen.«

»Okay, dann mal los.«

***

Lin war nicht so froh, sie zu sehen, wie Freya gehofft hatte.

Sie hielt eine Heißklebepistole in der Hand, die sie auf Teddy richtete. »Ich dachte, du wolltest nie, nie, nie wieder mit mir sprechen. Und du«, nun zeigte sie auf Freya, »solltest im Bett liegen, zu krank, um mir beim Banner-Bemalen zu helfen oder Mei zu beruhigen.«

Freya grinste. »Wann hat meine Anwesenheit Mei jemals beruhigt?«

Lin verdrehte die Augen. »Tja, besser spät als nie, schätze ich. Kommt rein.«

»Lin«, setzte Freya an, aber Lin war schon auf halbem Weg durch den Flur.

»Wir können Mum einfach erzählen, dass Teddy aus der Großstadt kommt, was genau genommen auch wahr ist«, rief Lin über ihre Schulter. »Es kommen die ganze Zeit lauter Freunde von Mei an, um uns zu unterstützen, also denke ich, dass sie gar keine Fragen stellen wird.«

»Lin!«, rief Freya. »Hörst du mal für fünf Minuten auf zu reden? Wir kommen nicht rein, du musst mit uns kommen.«

Schnaubend verschränkte Lin die Arme vor der Brust. »Das wird jetzt gut. Wohin gehen wir denn? Eine Stunde vor dem größten Protest meiner Schwester – um die Promenade zu retten, möchte ich betonen.«

Schnell erklärte Freya ihr alles. Lin schürzte die Lippen und lehnte sich an die Wand.

»Einen Versuch ist es wert«, fügte Freya hinzu, da sie sicher war, dass Lin nur so tat, als würde sie zögern.

Seufzend legte Lin die Heißklebepistole auf den Tisch. »Du weißt aber, dass Mei mich umbringen wird, oder? Wenn meine Mum ihr nicht zuvorkommt.«

»Nur wenn wir uns irren«, sagte Freya mit einem Grinsen. »Außerdem wird die Menge hoffentlich so groß sein, dass sie deine Abwesenheit nicht bemerkt.«

»Könnte sein. Anscheinend hat sie jede Person eingespannt, der sie jemals begegnet ist. Und sie sind alle in unserer Küche.«

Plötzlich kam ein Knall, gefolgt von einem Schrei, aus der Küche. Lin schreckte einen halben Meter in die Höhe. »Okay, klingt, als würde es dadrinnen gewalttätig werden.

Lasst uns gehen, bevor euch jemand sieht und dazu zwingt, etwas zu malen.«

Wenige Minuten später marschierten sie über die Promenade und ließen sich auf den nassen Sand plumpsen. Diesmal schritten sie selbstsicher voran. Freya fühlte sich, als könnte sie den Weg durch die Höhlen tanzen. Jedenfalls dachte sie das, bis sie ein erbarmungsloser Hustenanfall in die Knie zwang. Leicht keuchend lehnte sie sich an einen Felsen.

Lin hob die Augenbrauen. »Bist du sicher, dass du das schaffst?«

Freya winkte ab. »Egal. Der Verkauf findet heute Abend statt. Jetzt oder nie.«

Sie folgten dem bekannten Weg, indem sie sich an ihre Erinnerungen hielten, an Teddys Karte und dem ein oder anderen Fleck gelber Kreide. Freya konnte ihren Augen kaum glauben, als sie sich durch den Tunnel quetschten und sich vor dem großen gelben X wiederfanden. Beim ersten Mal hatte es sich angefühlt, als hätten sie Stunden für den Weg gebraucht. Dieses Mal waren sie unglaublich schnell gewesen, und das obwohl sie alle vier Sekunden anhalten und husten musste.

»Okay«, sagte Lin und nahm die Taschenlampe nervös von einer Hand in die andere. »Was ist der Plan?«

»Derselbe wie letztes Mal«, sagte Freya. »Wir müssen wieder jede Höhle absuchen, aber diesmal suchen wir nach etwas Kleinem. Etwas, das sich in die Höhlenwände einfügt, aber eigentlich nicht da sein sollte.«

»Also versuchen wir etwas zu finden, das absichtlich entworfen wurde, um nicht gefunden zu werden?«, fragte Teddy.

»Ganz genau«, sagte Freya und drückte ihre linke Hand an die Felswand. »Also konzentriert euch.«

Als sie dem Weg zur ersten Höhle folgten, stieg Freyas Nervosität auf fieberhafte Höhen an. Vielleicht war es aber auch ihr tatsächliches Fieber. So oder so zitterten ihre Hände an der Wand. Lin bewegte die Taschenlampe systematisch in Streifen von ihren Füßen bis hinauf zur Decke. Freya suchte die Wand mit dem Metalldetektor ab. Beim letzten Mal hatten sie sich auf den Boden konzentriert, da sie nach etwas gesucht hatten, dass unter ihren Füßen vergraben war und nicht unter ihren Fingern verborgen. In der ersten Höhle hatten sie kein Glück. Sie fanden nichts, was nicht dorthin gehörte.

Freya versuchte, das Gefühl von Enttäuschung in ihrer Brust zu ignorieren, als sie zur zweiten Höhle gingen. Die Luft war erfüllt vom Geruch nach Algen, abgestandenem Wasser und irgendetwas Verrottetem. Wenn dieser Plan erfolglos blieb, dann war es das. Das hatte sie schon vorher gefühlt, diesmal war es das dann wirklich. Wenn sie heute nichts fanden, würde der Verkauf stattfinden, und Ms Oleander würde die Freiheit haben, die Promenade einfach aufzureißen. Wortlos tasteten sie die Wände ab. Freya bewegte den Metalldetektor langsam in großen Kreisen. Als er ein Quietschen von sich gab, erschrak sie so, dass sie ihn fast fallen ließ. Sofort waren Lin und Teddy bei ihr.

Unter dem Licht der Taschenlampe bewegte Freya den Detektor in immer kleineren Kreisen über die Wand, bis sie die Stelle ausgemacht hatte, die alarmierend ausschlug. Mit einer Hand fischte sie ihre Kreide aus der Tasche und malte einen Kreis. Dann reichte sie Lin den Metalldetektor, nahm die Taschenlampe und untersuchte den Felsen genauer. Zuerst trafen ihre Finger nur auf raues Gestein. Dann spürte sie etwas Kaltes und Dünnes. Sie hielt es erst nur für ein Wasserrinnsal, aber dann ließ sie die Hand darauf verweilen und bewegte den Daumen langsam darüber. Sie hielt die Taschenlampe so, dass sie hinaufschien und der Lichtkegel auf etwas Glänzendes in der Wand fiel. Sie schob sich die Brille hoch und beugte sich vor, sodass ihre Nasenspitze fast den Fels berührte.

Dort, eingebettet in die Wand, war ein kleines Metallröhrchen.

ZWANZIG

»Was ist das?«, fragte Teddy, der ungeduldig den Hals reckte.

Freya stieß ihm einen Ellbogen in die Rippen. »Du blockierst das Licht. Geh zurück.«

Schnaubend zog Teddy sich zurück und stopfte die Hände in die Taschen.

Lin wippte auf den Fußballen auf und ab. »Aber mal im Ernst«, sagte sie, »was ist das?«

»Bin noch nicht sicher«, murmelte Freya, die mit dem Daumen über das Rohr strich. »Aber es ist etwas. Etwas, das nicht so ist wie der Rest.«

Sie hob die Taschenlampe und richtete den Lichtstrahl nach unten. Dadurch wurden winzige Rillen auf der Oberfläche des Rohrs sichtbar.

»Oh«, sagte Freya. »*Oh*. Ich glaube, es ist ein Scharnier.« Ein Grinsen brach auf ihrem Gesicht aus. »Und wenn es ein Scharnier ist, muss sich irgendwas bewegen lassen.«

Wieder holte sie die Kreide hervor und zeichnete diesmal eine Linie entlang des Scharniers. In der Felsoberfläche war ein winziger Haarriss. Freya folgte ihm mit der

Kreide, bis sie ein Quadrat in der Größe ihrer Hand umrandet hatte. Sie trat einen Schritt zurück und wischte sich die Finger an der Hose ab, was trübe gelbe Flecken darauf hinterließ.

»Was ist das?«, fragte Teddy.

Freya verdrehte die Augen. »Weiß noch nicht. Gib mir eine Sekunde.«

Erneut legte sie den Daumen auf das Scharnier und fuhr mit den Fingern der anderen Hand auf der anderen Seite des Quadrats entlang. Sie grub die Fingernägel in die kleine Lücke und zog kräftig. Im Schneckentempo, Millimeter für Millimeter öffnete sich das Quadrat.

»Woah«, sagte Teddy.

»Ganz deiner Meinung«, sagte Lin.

Mit einem entsetzlichen Knacken löste sich das Quadrat und sprang auf, wodurch der Bereich dahinter zum Vorschein kam.

Darin war nichts.

Stirnrunzelnd leuchtete Freya mit der Taschenlampe hinein. Nichts. Es war nur ein quadratisches Loch in der Wand. Sie drückte die Felsenklappe wieder zu, die sich reibungslos schloss und beinahe unsichtbar war. Dann rieb Freya sich über die Stirn und zog die Klappe wieder auf. »Das ergibt keinen Sinn«, sagte sie. »Warum sollte jemand so ein Loch in den Felsen schlagen und dann nichts reintun?«

»Es ist zu klein für einen Schatz«, sagte Lin, die sich neben Freya stellte und ins Loch spähte.

»Es ist zu klein für irgendetwas«, sagte Freya und fuhr die Klappe mit den Fingerspitzen nach.

»Wozu dann das Ganze?«, fragte Lin.

»Ja, wozu das Ganze?«, wiederholte Freya mehr für sich selbst. Sie machte sich einen unordentlichen Pferdeschanz und trat zurück, um sich die Wand genau anzusehen.

»Hört ihr das?«, fragte Teddy.

Freya neigte den Kopf. »Was denn?«

Teddy hielt eine Hand hoch. »Schhh. Eine Sekunde.«

Freya lauschte. Plötzlich hörte sie es: ein knirschendes, polterndes, malmendes Geräusch, das aus den Tiefen der Felsen kam.

»Ein Einsturz!«, schrie Lin. »Lauft!«

»Warte!«, rief Freya, bevor Lin mit dem Licht abhauen konnte. »Das glaube ich nicht.«

Lin blieb stehen und drehte sich um. Freya fiel die Kinnlade herunter, als ein Teil der Höhle sich mit einem entsetzlichen Knirschen bewegte. Ein langer, schmaler Stein glitt hinunter in die Lücke hinter der Klappe.

»Oh«, sagte Freya. »Oh!«

»Hör auf ›Oh‹ zu sagen und sag was anderes«, verlangte Lin.

Freya nahm ihr die Taschenlampe ab und trat ein paar Schritte zurück. »Oh, wow«, sagte sie.

»Was ist denn?«, zischte Teddy. »Was passiert hier?«

Freyas Herz schlug ihr bis zum Hals. Es war wie eine dieser optischen Täuschungen, die scheinbar nur aus wahllosen Linien oder Schnörkeln bestanden und erst dann ein

Bild ergaben, wenn man aus dem richtigen Blickwinkel schaute. Jetzt, wo sie die Ränder erkannte, an denen sich der Fels entlangbewegt hatte, ergab alles einen Sinn. Sie erkannte Linien, die sie kaum beachtet hatte, weil sie davon ausgegangen war, dass es nur Risse, Wassertropfen oder die Maserung des Felsens war. Doch plötzlich stachen sie so grell hervor, als hätte Freya sie mit ihrer gelben Kreide eingezeichnet.

»Das ist es«, sagte sie. »Das ist ihre Rätselkiste.«

»Woher weißt du das?«, fragte Lin, die hoch zum Felsen spähte. »Ich glaube nicht, dass ich sehe, was du siehst.«

»Ja«, sagte Teddy. »Was sollen wir da erkennen?«

»Es ist ein Rätsel«, sagte Freya, »wie diese alten, die man in Knallbonbons findet.«

Sie stellte sich auf Zehenspitzen und streckte sich, um die neue Lücke zu erreichen, die aufgetaucht war. Sie legte beide Hände daneben und drückte. Nichts passierte. Sie fluchte vor sich hin, biss die Zähne zusammen und setzte ihr ganzes Gewicht ein. Es bewegte sich nur ganz leicht, aber genug, um den Anfang einer Lücke auf der anderen Seite zu sehen.

»Keine dieser Lücken ist groß genug, um durchzupassen«, sagte Teddy. »Oder etwas darin zu verstecken.«

»Genau«, sagte Lin. »Man könnte die einzelnen Münzen wohl durch das Loch schieben, aber wie würde man sie jemals wieder rausbekommen?«

»Ich glaube nicht, dass die beweglichen Teile die Tür sind«, sagte Freya. »Ich denke, sie sind der Schlüssel.«

Erstaunt über das, was sie sah, trat Freya zurück und ließ das Licht über die Wand tanzen.

Lin seufzte ungeduldig und stieß ihr leicht in den Rücken. »Rede weiter. Wie ein Knallbonbon-Rätsel?«

»Ja! Diese kleinen Puzzle-Rätsel, bei denen man Teile verschieben muss. Sieh doch, die Wand besteht aus lauter Teilen in verschiedenen Formen und Größen. Ich glaube nicht, dass man sie rausziehen kann.« Sie schob ihre Finger unter eins der Teile, stemmte einen Fuß gegen die Wand und zog, bis ihre Knöchel sich anfühlten, als würden sie gleich knacken. »Nein, rausziehen kann man sie auf keinen Fall. Aber schieben.«

Sie drückte gegen das Stück Wand, das sich bewegt hatte. Es ließ sich jetzt leichter bewegen und fügte sich mit einem Klicken in den Rahmen auf der anderen Seite. Freya trat zurück und klopfte sich den Staub von den Händen. »Ich denke, es gibt eine Reihenfolge, wie die Teile angeordnet werden müssen. Und wenn wir die raushaben, wird sich die Tür öffnen.«

Lin schürzte die Lippen und nickte. »Okay, und woher wollen wir wissen, welche Form die Teile am Ende ergeben sollen?«

Freya fuhr mit einer Hand die Formen entlang. »Es muss unregelmäßig sein. Seht ihr die hervorstehenden Teile? Ich wette, wenn man sie zu einem Rechteck anordnet, öffnet es sich. So funktionieren Schlüssel normalerweise. Man muss einen Haufen gezackter Teile zu einer geraden Linie formen.«

»Wenn du denkst, dass der Schatz dahinter ist, könnten wir nicht einfach alles einschlagen?«, fragte Teddy.

»Klar«, sagte Freya. »Das ist ganz bestimmt auch Ms Oleanders Plan. Ich kann mir nicht vorstellen, wie sie sich mit den Rätseln und Schlössern abquält. Wenn du also bis Morgen einen Rammbock oder eine riesige Bohrmaschine besorgen kannst, dann los.«

»Okay«, sagte Teddy langsam, »schon verstanden. Also wie bekommen wir dieses Rechteck hin?«

Freya verdrehte die Augen und zog ihren Pferdeschwanz straff. »Das ist ja das Rätsel.«

»Und wie lösen wir es?«, fragte Teddy.

Mit einer gehobenen Augenbraue blickte Freya ihn an. »Indem du mich in Ruhe machen lässt.«

Sie starrte die Wände an, bis die Formen sich in ihren Kopf gebrannt hatten. Dann setzte sie sich auf den Boden, legte den Kopf in die Hände und dachte schwer nach. Sie bewegte die Teile in Gedanken, stellte sich all die verschiedenen Möglichkeiten vor und ignorierte dabei ihre Freunde, die hinter ihr herumzappelten.

»Okay«, sagte sie schließlich und holte die Kreide wieder hervor. »Ich denke, so muss es am Ende aussehen.«

Sie zeichnete die Formation auf den Boden und nummerierte jedes einzelne Teil. Dann drehte sie sich zur Wand und schrieb die Nummern auf die Teile dort.

»Also ich denke, als Erstes müssen wir dieses Teil …«, sie zeigte mit dem Finger darauf, »… hierhinbekommen.«

»Oh«, sagte Lin lächelnd. »Dafür trainiere ich schon mein ganzes Leben.«

Freya sah sie an. »Was meinst du damit?«

»Rauszubekommen, wie man ein Quadrat von einem Ort zum anderen bekommt? Wonach klingt das denn für dich?«

Zuerst runzelte Freya die Stirn, dann lachte sie. Der Laut hallte in der Höhle wieder.

»Ihr habt mich wieder verloren«, sagte Teddy. »Wonach klingt es denn?«

»Es klingt nach einem Zauberwürfel«, sagte Freya.

Während Freya erklärte, welches Teil wohin kommen musste, tüftelte Lin den Weg dafür aus. Die drei schoben und zogen und wuchteten die Teile vor sich herum. Dabei bekam Freya nach und nach den Dreh raus. Dieser Teil gefiel ihr an einem neuen Rätsel oder dem Auseinandernehmen eines neuen Geräts am besten. Nach einiger Zeit ergab sich stets die benötigte Form. Es fühlte sich an, als würde etwas zuvor Unsichtbares plötzlich vor einem auftauchen und gegen die Nase schnippen. Sie war sich ziemlich sicher, dass sie jetzt auch einen Zauberwürfel würde lösen können. Sie biss sich auf die Lippe, als das letzte Teil in seinem Platz einrastete. Die gelben Linien vor ihnen ergaben nun ein perfektes Rechteck.

»Los geht's«, sagte Freya.

Sie stemmte eine Schulter gegen die Wand und schob kräftig. In ihrem Nacken bildete sich Schweiß, und sie zitterte. Die anderen beiden gesellten sich je an einer Seite zu ihr und pressten ihr ganzes Gewicht gegen die Wand. Ein ächzendes, knarrendes Geräusch war zu hören.

»Es bewegt sich!«, rief Teddy. »Ich glaub's nicht, es bewegt sich tatsächlich!«

Nach und nach gab die Wand vor ihnen nach und enthüllte einen langen dunklen Gang. Die Temperatur schien zu sinken, der dunkle Tunnel strahlte Kälte aus.

Mit einem freudigen Ausruf setzte Teddy sich in Bewegung.

Lin hielt ihn mit einem Arm auf. »Entschuldige mal, was ist aus ›Ladies first‹ geworden?« Sie warf Freya die Taschenlampe zu.

Diese fing sie mit der rechten Hand und streckte die linke aus, um Lins zu nehmen. Lin wiederum nahm Teddys Hand. Er ließ es zu, und gemeinsam betraten die drei die Dunkelheit.

Einundzwanzig

Es waren nur ihre Schritte und ihr bebender Atem zu hören. Selbst das tropfende Wasser hatte es nicht so tief in die Höhle geschafft. Der Tunnel nahm eine scharfe Kurve, und Freya stieß gegen die Wand vor sich. Wütend begutachtete sie ihre aufgeschürften Fingerknöchel. Sie waren rot und wund, bluteten aber nicht. Und das Wichtigste war, dass die Taschenlampe den Aufprall überlebt hatte. Sie lenkte den Lichtstrahl entlang der Abbiegung.

»Ich sehe etwas«, zischte sie.

»Sieht es aus wie eine riesengroße Schatzkiste?«, flüsterte Lin.

Freya antwortete nicht. Sie sah einen undeutlichen Umriss, ungefähr auf der Mitte einer Wand, doch sie konnte es nicht genau erkennen.

»Oh!«, rief sie, als sie näher kamen. »Seht euch das an!« Sie streckte die Hand aus und zog eine alte Fackel herunter, die sie Lin reichte.

»So müssen sie sich damals hier zurechtgefunden haben, als es noch keine Batterien gegeben hat«, sagte Lin, die die Fackel dramatisch durch die Luft schwingen ließ. »Ist wie in einem alten Film. Uns fehlen nur noch die ganzen Spinnweben.«

Teddy erschauderte. »Ich mag keine Spinnen.«

»Ich auch nicht«, sagte Freya.

»Ihr Babys«, sagte Lin. »Spinnen sind eure Freunde. Außerdem seid ihr hier wohl sicher. Nicht mal die Spinnen haben es bis hier runter geschafft. Schade, dass wir nichts haben, womit wir die Fackel anzünden können.«

»Wir haben doch Licht«, sagte Freya.

»Ich weiß«, sagte Lin. »Aber das hier wäre passender.«

Teddy räusperte sich, fischte ein Feuerzeug aus seiner Tasche und zündete es mit einem Klicken an.

»Warum zum Geier hast du ein Feuerzeug?«, fragte Freya.

Teddy verdrehte die Augen. »Ich musste mir in meiner Höhle Lagerfeuer bauen, weißt du noch?«

Freya stemmte die Hände in die Hüften, aber Lin ließ die Fackel grinsend in die Flamme sinken. Mit einem Wusch erwachte sie und warf flackerndes orangefarbenes Licht in den schmalen Tunnel.

»Oh ja, so ist's richtig«, sagte Lin und schwang die brennende Fackel wie ein Schwert.

»Kannst du mal vorsichtig sein?«, fragte Freya, die aus dem Weg sprang.

Lin gackerte und wurde nicht vorsichtiger.

»Das bedeutet, dass hier wirklich etwas sein könnte«, sagte Teddy leise. »Wir könnten den Schatz vielleicht wirklich finden.«

Das erweckte Lins Aufmerksamkeit. Sie standen in einem Kreis und sahen einander an, das Licht der Fackel flackerte zwischen ihnen.

»Meine Güte«, sagte Freya, »lasst und gehen. Wir können nicht einfach hier stehen und uns anstarren, bis Ms Oleander mit einem Bagger durch die Decke kracht.«

Sie nahm Lin die Taschenlampe ab, da diese ohnehin mehr Spaß mit der Fackel hatte, und ging voran. Bereits nach wenigen Metern stießen ihre Zehen gegen etwas, das sie stolpern ließ. Sie trat zurück und leuchtete nach unten. Sie war über einen Metallring mit Fackeln daran gestolpert, ein langes Seil verband ihn mit der Decke. Lin zündete die Fackeln mit ihrer eigenen an, und Teddy zog am Seil, um den notdürftigen Kronleuchter hochzuheben. Er befestigte das Ganze mit einem Knoten. Der Tunnel hatte sich in eine weitere Höhle geöffnet, kleiner als die vorherigen.

»Oh«, sagte Freya und blinzelte ins helle Licht.

Alles glitzerte. Servierschalen voller polierter Goldmünzen, die im Feuerschein bernsteinfarben glänzten. Reihen an Perlen. Juwelen, die funkelten wie Regentropfen. Eine riesige Holztruhe, genau wie in den Zeichentrickfilmen, stand mitten im Raum.

Die drei standen in vollkommener Stille da. Freya nahm ihre Brille ab und rieb sich die Augen. Plötzlich kam ihr der schreckliche Gedanke, dass das alles nur ein Fiebertraum war und sie eigentlich im ihrem Bett in der Pension lag. Sie sah sich um. Das konnte nicht sein. Sie lachte. Und als sie erst einmal damit angefangen hatte, konnte sie nicht mehr aufhören und musste sich auf ihre Knie stützen. Sie lachte, bis ihr der Bauch wehtat, bis ihr Hals kratzte und ihr Tränen das Gesicht hinunterliefen, doch sie konnte nicht aufhören. Lin fiel neben ihr zu Boden und lachte genauso stark. Selbst Teddy lachte, sein Gesicht strahlte, und in seinen Augen glänzten Tränen.

Freya setzte sich neben Lin. Sie schob ihre Hand durch einen Haufen Münzen und genoss das unwirkliche Gefühl von glattem Gold auf ihrer Haut. Sie fuhr mit den Fingern durch mehrere Perlenketten, die über ihr hingen und nun hin und her schwangen. Das teuerste Windspiel der Welt. Teddy, der als Einziger noch stand, rannte zur Truhe in der Mitte des Raumes. Mit einem siegreichen Ausdruck im Gesicht packte er den Deckel und warf ihn auf.

»Warte!«, brüllte Lin und hob eine Hand.

Zu spät. Der dünne Draht, den sie gesehen hatte, riss und traf Teddy scharf an der Wange, als er nach oben schnellte. Schreiend ließ Teddy den Deckel los und legte eine Hand an sein Gesicht. Hinter ihnen fiel die Tür mit einem Knall zu und löschte die Flammen, während die Taschenlampe zu Boden fiel und sie in vollkommene Dunkelheit versanken. Als die Höhle um sie herum wieder zur Ruhe kam, war es einen Moment lang still.

Freya tastete nach der Taschenlampe, ihr Herz hämmerte an ihre Rippen. Ihre Finger fanden sie, und sie schaltete sie mit zitternden Händen an, sodass das Licht wild durch die Höhle zuckte.

»Geht's allen gut?«, rief sie und schwang die Taschenlampe herum, um ihre Freunde zu finden.

Der aufgewirbelte Staub bedeckte ihre Zunge, als sie den Mund öffnete, und sie musste husten. Sie rieb sich mit dem Handrücken über die Zunge, aber ihre Hände waren genauso staubig.

»Mir geht's gut«, sagte Lin hinter Freya und berührte ihren Arm. »Teddy?«

»Alles gut«, ertönte Teddys Stimme; sie klang allerdings belegt.

Freya richtete das Licht auf ihn. Er stand bei der Truhe und hatte eine Hand an die Wange gedrückt. Das Blut, das zwischen seinen Fingern hindurchfloss, sah im schummrigen Licht schwarz und klebrig aus.

»Oh«, sagte Freya und lief zu ihm, wobei ihre Füße auf den Münzen auf dem Boden herumrutschten. »Teddy, du bist verletzt.«

»Schon gut«, sagte er, zuckte beim Sprechen aber zusammen. »Sieht ziemlich sicher schlimmer aus, als es ist.«

»Es sieht ziemlich schlimm aus«, merkte Lin an.

»Ist nur ein Schnitt«, sagte Teddy und tastete die Innenseite seiner Wange mit der Zunge ab. »Ist nicht komplett durchgegangen.«

Bei der Vorstellung, dass Teddys Zunge durch ein Loch in seiner Wange guckte, wurde Freya schwindelig, und sie musste sich die Fingernägel in die Handflächen drücken, um aufrecht stehen zu bleiben. Sie lehnte sich gegen die Truhe und nahm einige tiefe Atemzüge.

»Hier«, sagte Lin und streckte die Hand nach der Taschenlampe aus.

Schnell ging sie einmal um die Truhe herum. »Ich sehe nichts weiter«, sagte sie.

Dann öffnete sie vorsichtig den Deckel und leuchtete mit der Taschenlampe hinein. Ihr Mund wurde zu einer festen Linie.

»Leer«, sagte sie. »Es war nur eine Falle.«

»So dumm«, sagte Teddy. »Ich hätte sie nicht anfassen sollen.«

Freya legte ihm eine Hand an den Arm. »Sei nicht albern. Woher hättest du das wissen sollen?«

»Sie wusste es«, sagte Teddy und zeigte auf Lin.

»Aber nur, weil meine Augen nie da sind, wo sie sein sollen«, sagte Lin. »Wirklich, mach dir deshalb keine Gedanken.«

»Das hätte uns allen passieren können«, sagte Freya.

Teddy schüttelte den Kopf. »Egal jetzt. Wie kommen wir hier wieder raus?«

Zweiundzwanzig

Freya schwang die Taschenlampe herum, bis sie das Seil vom Kronleuchter gefunden hatten. Teddy löste den Knoten, ließ ihn herunter und zündete die Fackeln darauf wieder mit seinem Feuerzeug an.

»Es werde Licht«, murmelte er und hievte den Kronleuchter wieder hoch.

Erneut stahl der orangefarbene Schein der Flammen, die das Gold glänzen ließen, Freya den Atem. Mit schnellen Schritten lief sie zurück durch den Tunnel, durch den sie gekommen waren. Die Steinwand hatte sich geschlossen und starrte ihr nun regungslos entgegen.

»Kein Rätsel auf dieser Seite«, sagte sie, während sie mit der flachen Hand über die Oberfläche fuhr. »Und nichts zum Festhalten, um die Wand wieder aufzuziehen.«

Ein kalter Schauer lief ihr den Rücken herunter. Sie saßen fest. Sie spürte, wie die altbekannte Panik in ihr aufstieg.

Teddy steckte stur die Finger in die Lücken und zog kräftig. Nichts passierte. »Vielleicht könnten wir das Seil vom Kronleuchter benutzen«, sagte er. Seine Stimme klang angespannt. »Es irgendwo festbinden und dann ziehen?«

»Vielleicht«, sagte Freya leise und suchte die Ränder der Tür mit der Taschenlampe ab.

»Was geht in deinem Kopf vor?«, fragte Lin, die sich an sie drückte.

»Bin nicht sicher. Irgendwas stört mich.«

»Was denn?«

»Weiß nicht. Lass mir eine Sekunde.«

Sie wanderte den Tunnel entlang und zurück in den Schatzraum. Es fühlte sich an, als würde ihr Herz in ihrem Hals feststecken. Sie kam nicht um die Angst herum, dass sie für immer in dieser Höhle feststecken würden. Aber da war etwas. Gerade so am Rand ihres Verstandes. Sie atmete tief und gleichmäßig durch. Dabei versuchte sie, sich ihre Panik als festen Klumpen vorzustellen. Langsam, Stück für Stück, baute sie eine Kiste darum und schob diese beiseite. Sie löste ihren Pferdeschwanz, schüttelte ihr Haar und rieb sich die Kopfhaut, bevor sie alles wieder zusammenband. Da fiel es ihr ein.

»Was, wenn man seine eigene Falle auslöst?«, fragte sie.

Teddy tauchte aus dem Tunnel auf. »Das wäre ziemlich dumm.«

»Stimmt«, sagte Freya, »aber Menschen machen ständig dumme Dinge. Ich habe heute ungefähr achtzehn dumme Dinge getan.«

Teddy zuckte die Achseln. »Dann würde man wohl festsitzen.«

Freya schüttelte den Kopf. »Das denke ich nicht. Ich denke, es muss noch einen anderen Ausweg geben. So würde ich es machen.«

»Einen Notausgang?«, fragte Lin.

»Genau. Es gibt immer einen Ausweg.«

Dieser Gedanke ließ ein winziges Licht in der Dunkelheit von Freyas Angst erstrahlen, und sie spürte, wie ihre Schultern etwas weniger angespannt waren. Langsam umrundete sie den Raum und suchte nach etwas Ungewöhnlichem. Nun ja, noch ungewöhnlicher als alles andere hier. Auf einer Seite stieß sie auf ein wunderschönes Holzrad, so ein Steuerrad, mit dem man ein Schiff steuerte. Sie schlang die Hände um die Speichen und fühlte das glatte Holz unter ihren Händen. Sie zog einmal fest daran, aber es steckte fest. Sie versuchte es noch einmal. Ohne Erfolg. Doch als sie gegen das Rad drückte, hörte sie ein raues Knirschen. Wie bei der Tür vorhin. Nur kam es aus der falschen Richtung. Irgendwo ließ sich noch etwas bewegen.

»Hey!«, rief sie. »Könnt ihr beiden euch mal umsehen, ob sich irgendwo was bewegt.«

Freya klemmte eine Schulter unter eine der Radspeichen und presste ihr ganzes Gewicht dagegen. Das Klirren von fallenden Münzen war zu hören.

»Hier!«, brüllte Lin und winkte. »Hier rutschen Münzen durch!«

Noch einmal drückte Freya kräftig. Ein weiterer klirrender Münzregen. Freya ließ von dem Rad ab und lief zu ihren Freunden. Sie knieten sich hin und schoben die

Münzen beiseite, um das auszugraben, was das Rad zu bewegen versuchte. Freyas Finger streiften etwas Raues. Sie packte es und zog mit aller Kraft daran. Es war ein riesiges Seil, fast so dick wie ihr Arm.

»Was zum …«, sagte Teddy, der neben ihr herumwuselte.

»Keine Ahnung«, sagte Freya und schob beide Hände unter das Seil, bevor sie aufstand und daran zog.

Ihre Füße rangen um Halt auf dem rutschigen Boden, und sie sah, wie sich unter dem Teppich aus Münzen etwas schlangenartig bewegte. Sie folgten dem Seil, bis sie fast an der Wand angekommen waren, wo sie es mit einem kräftigen Zug befreiten und Münzen durch die Luft fliegen ließen.

»Autsch!«, rief Freya, während das Gold auf sie und ihre Freunde herunterregnete.

»In den Filmen sieht das immer viel spaßiger aus«, sagte Teddy und rieb sich den Kopf.

Das Seil lief an der Wand hinauf und wieder herunter. Freya folgte ihm zurück zu dem Rad. Sie legte den Kopf in den Nacken, um sich die Decke anzuschauen.

»Es ist eine Art Flaschenzug«, sagte sie und zeigte nach oben. »Das Seil muss da oben um irgendwas rumgewickelt sein. Ein Ende ist am Rad befestigt.«

Wieder packte sie das Rad und drückte. Es bewegte sich immer noch nicht viel, aber jetzt, wo das Seil vom Gewicht der Münzen befreit war, wurde es straff gezogen und bildete ein spitzes Dreieck, das zur Decke zeigte.

»Okay«, sagte Lin, »und das andere Ende?«

Nun hämmerte Freyas Herz erneut gegen ihre Rippen, diesmal allerdings vor Aufregung.

»Es muss an einer Tür befestigt sein.«

Sie folgten dem Seil zurück an die Stelle, an der es unter den Münzen verschwand. Wieder knieten sie sich hin und schoben haufenweise Gold zur Seite. Freya setzte sich und bewegte ihre Beine wie Scheibenwischer, sodass sie die Münzen wie Wellen von sich wegschob.

»Hier!«, rief sie, als ihre Füße auf etwas Hartes stießen.

Sie wühlten die Münzen beiseite und legten einen riesigen Metallring frei, der am Boden befestigt war. Also räumten sie alles darum weg. Freya quiekte freudig, als der Umriss eines Quadrats zu erkennen war.

»Seht!«, sagte sie. »Das Rad versucht, diesen Teil des Bodens anzuheben. Der Ausweg muss darunter sein.«

Lin kniff die Augen zusammen. »Ich hätte gedacht, der Ausweg würde uns nach oben führen und nicht weiter runter.«

»Ja«, sagte Freya, »stimmt schon. Aber das muss er sein, oder? Wie viele Geheimeingänge kann ein Raum haben?«

»Mindestens zwei, wie's aussieht«, sagte Teddy mit einem Grinsen, das eher einer Grimasse ähnelte.

Die drei wurden vor Nervosität ganz hibbelig.

Freya zwang sich zu einem weiteren tiefen Atemzug. »Okay«, sagte sie. »Wahrscheinlich müssen zwei von uns das Rad drehen, und eine Person muss hierbleiben und nachsehen, was unter dem Boden ist.«

Lin erhob sich. »Du warst schon am Rad. Warum übernehmen Teddy und ich diesmal nicht diesen Teil?«

Freya streckte ihre Arme aus. Sie taten tatsächlich etwas weh. Sie nickte. »Okay. Dreht gegen den Uhrzeigersinn.«

Lin salutierte, half Teddy auf die Füße, und gemeinsam gingen sie zum Rad. Freya schenkte ihnen einen Daumenhoch, drehte sich neben der Falltür auf den Bauch und stützte den Kopf auf die Hände. Teddy und Lin pressten ihr vereintes Körpergewicht gegen das Rad. Ächzend setzte sich das Quadrat vor Freya in Bewegung.

»Fast geschafft!«, rief sie den beiden zu.

Als Antwort erhielt sie nur erschöpftes Stöhnen. Die Platte bewegte sich langsam Richtung Decke. Freya wich aus, als eine Ecke auf sie zukam. Sie starrte auf die Stelle, an der die Platte sich befunden hatte. Da war nichts. Sie blinzelte. Die Angst, die sie so erfolgreich unterdrückt hatte, brach wieder über ihr zusammen. Sie legte eine Hand an ihre Brust. Das Atmen fiel ihr schwer.

»Was ist da los?«, fragte Lin

»Ich weiß nicht«, sagte Freya.

»Okay, kannst du dich beeilen, es rauszufinden?«, brüllte Teddy.

Schnell schob Freya einen Arm unter die hängende Platte und fühlte nach einer versteckten Spalte, die sie übersehen haben könnte.

»Da ist nichts«, rief sie.

»Was? Vielleicht solltest du herkommen, und einer von uns sieht mal nach«, brüllte Teddy.

»Ich sage euch doch, hier ist nichts.«

Mit einem Krachen fiel die Platte wieder zu Boden.

»Das verstehe ich nicht«, sagte Lin. »Wenn da nichts drunter ist, warum baut man dieses ganze System, um die Platte anzuheben?«

Freya schlurfte mit den Zehen über den Boden. Irgendetwas musste sie übersehen haben. Es musste mehr hinter dem Rätsel stecken. Sie trat zurück und sah das Seil noch einmal an.

»Wartet mal«, sagte sie, »vielleicht hatte Lin recht.«

»Das habe ich meistens«, sagte Lin. »Aber womit?«

»Vielleicht liegt der Ausweg nicht unter uns«, sagte sie und reckte den Hals, um zur dunklen Decke der Höhle hinaufzuspähen. »Sondern über uns.«

DREIUNDZWANZIG

»Das wäre die einzige sinnvolle Lösung«, sagte Freya. »Wenn die Antwort nicht unter der Platte ist, muss sie da oben sein.« Sie zeigte zur Decke.

Lin nickte langsam. »Also muss einer von uns da hoch und nachsehen.«

»Denke ich auch«, sagte Freya. »Wer von uns ist am Kleinsten?«

»Teddy«, sagte Lin vollkommen ausdruckslos.

Er zog mürrisch die Brauen zusammen. »Bin ich *nicht*.«

Lin zwinkerte Freya über seine Schulter zu.

»Das bin ganz eindeutig ich, oder?«, fragte Freya.

»Sagst du das nur, damit du die schwere Arbeit nicht erledigen musst?«, fragte Lin mit einem kleinen Grinsen.

Freya sah sie ernst an. »Du weißt genau, dass ich lieber hier unten als da oben wäre.«

Höhen waren nie so ihr Ding gewesen. Dieser Monat fühlte sich allmählich an wie ein grausamer Scherz. Wenn sie tatsächlich eine Tür fanden, würde sie wahrscheinlich zu einer Clown-Versammlung oder einem Streichelzoo für Spinnen führen.

Sie kniff sich in den Nasenrücken. »Okay«, sagte sie. »Ich stelle mich drauf, und ihr beiden hebt mich hoch, damit ich nachsehen kann, was da oben ist.«

»Woher wissen wir, dass du uns nicht einfach zurücklässt, wenn du da oben eine Tür findest«, fragte Teddy.

»Kaltblütiger Betrug ist nicht gerade Freyas Stil«, sagte Lin. »Wobei das eine gute Frage ist.«

»Vielen Dank auch«, sagte Freya.

»Nicht, ob du uns zurücklässt«, sagte Lin, »aber wenn jemand das Rad drehen muss, damit die andere Person die Tür oben erreicht, wie kommt dann die Person am Rad hier raus?«

»Keine Ahnung. Hoffentlich nicht, indem ich den ganzen Weg zur Rätseltür laufen muss. Das wäre sehr nervig.«

»Aber weniger nervig, als in einer Schatzhöhle einen Hungertod zu erleiden.«

»Stimmt. Erst mal müssen wir mich da hochkriegen und sehen, womit wir es zu tun haben. Danach können wir einen Plan machen.«

Freya setzte sich in die Mitte der Platte und schlang Arme und Beine um das Seil in der Mitte. Teddy und Lin kehrten zum Rad zurück.

»Okay, wir drehen jetzt«, rief Lin. »Bist du bereit?«

Freya festigte ihren Griff. Ihre Kehle fühlte sich ganz trocken an. Sie schluckte. »Bereit!«

Teddy und Lin griffen von einer Seite oben ans Rad und zogen es an den Speichen nach unten. Freya quiekte, als die Platte sich vom Boden löste. Sie saß so weit wie möglich in der Mitte, trotzdem wackelte es ordentlich. Mit aller Kraft versuchte sie, sich nicht vorzustellen, wie sie an einer Seite hinunterrutschte und mit einem Platschen auf den Goldmünzen landete. Je mehr Mühe sie sich dabei gab, desto klarer setzte sich dieser Gedanke fest.

Mit zunehmender Höhe sah die Höhle noch beeindruckender aus, das Glitzern der polierten Münzen im Kontrast zu den dunklen Wänden wie eine Kerze in einer Laterne. Nach einer Weile, als Teddy und Lin immer kleiner wurden, wurde ihr beim Hinuntergucken schwindelig. Sie riss den Blick vom Boden und zwang sich, die Wände anzusehen.

»Halt!«, rief sie, als sie ein seltsames Objekt entdeckte. »Bleibt genau so stehen!«

Die Platte blieb wackelnd stehen und bebte in der Luft, während Teddy und Lin darum rangen, das Rad still zu halten. Widerwillig löste Freya eine Hand vom Seil und holte die Taschenlampe aus ihrer Tasche. Sie schaltete sie an und leuchtete damit in die Dunkelheit. Nahe der Wand befand sich ein Haken. Dieser Haken war an einem weiteren Seil befestigt. Stirnrunzelnd folgte Freya dem Verlauf des zweiten Seils mit der Taschenlampe. Ihr Blick leuchtete auf, als sie plötzlich verstand.

»Oh!«, rief sie aus. »*Oh.*«

»Oh was?«, rief Lin zurück.

»Nein, keine Sorge«, ächzte Teddy. »Lass dir Zeit. Koste den Moment so richtig aus.«

Sein Sarkasmus ließ Freya vollkommen unberührt. Ihr Mund stand offen, während ihr Verstand die einzelnen

Teile des Mechanismus zusammenfügte. Es gab einen Ausweg. Den gab es immer. Und sie hatte ihn gefunden.

»Es ist genial!«, rief sie.

»Kann es etwas schneller genial sein?«, brüllte Lin. »Meine Fingerknöchel fühlen sich an, als würden sie gleich reißen.«

Freya streckte ihre freie Hand nach dem Haken aus, erreichte ihn aber nicht. Das Ganze war für einen Erwachsenen entworfen worden, und sie war einfach viel zu klein. Die Platte wackelte unter ihr, während Teddy und Lin Schwierigkeiten hatten, sie stabil zu halten. Mit zusammengebissenen Zähnen atmete Freya tief ein. Sie wickelte die Beine fester um das Seil, sodass ihre Knöchel ineinander verschränkt waren. Dann, ohne sich die Möglichkeit zu lassen, zu viel darüber nachzudenken, ließ sie sich auf der Platte nach hinten sinken.

»Freya!«, rief Lin. »Hör auf! Was machst du da?«

»Haltet es einfach stabil!«, brüllte sie zurück.

Schweiß lief ihr über den Rücken, sodass ihr das T-Shirt an der Haut festklebte. Ihre Zähne klapperten, und sie presste sie zusammen, damit sie damit aufhörten. Als sie lag, ließ sie das Seil mit beiden Händen los und streckte sie nach dem Haken aus. Die Platte kippte, als sich ihr Gewicht verlagerte, und Freya spürte, wie das Seil ihr in die Kniekehlen schnitt. Plötzlich blickte sie direkt auf den Boden. Sie konnte einfach nicht anders. Sie schrie. Die Platte sank einige Meter, als Lin den Halt am Rad verlor. Freya stieß ein Wimmern aus und schloss die Augen. Sie wollte nicht sehen, wie ihr der Boden entgegenkam.

Das Seil schnitt ihr schmerzhaft in die Beine, als die Platte abrupt stehen blieb. Freya wagte es nicht, sofort die Augen aufzumachen. Erst als sie spürte, dass sie sich wieder aufwärtsbewegte, öffnete sie nach einigen Sekunden ein Auge. Ihr Blick war immer noch nach unten gerichtet, und Lins und Teddys blasse Gesichter starrten ihr entgegen. Sie richtete den Blick wieder zur Decke und griff mit einer Hand an ihre Brille, die gefährlich weit auf ihren Kopf gerutscht war. Jetzt befand sie sich wieder auf einer Linie mit dem Haken. Sie streckte sich in voller Länge aus und griff erneut danach. Ihre Fingerspitzen streiften ihn. Frustriert schrie sie auf. Mit einem stillen Gebet lockerte sie die Beine ein wenig. Diesmal schlossen sich ihre Finger um den Haken, und mit einem triumphierenden Ausruf zog sie sich mit den Beinen wieder in die Mitte der Platte.

Einen Moment lang saß sie nur da, die Arme um das Seil in der Mitte gewickelt, während ihre Hand sich an den Haken klammerte. Ihr ganzer Körper bebte. Das Schwingen der Platte erinnerte sie daran, dass ihr Freunde da unten darum rangen, das Rad festzuhalten. Sie schüttelte sich und befestigte den Haken am Ring in der Mitte der Platte.

»Okay«, rief sie nach unten. »Lasst los.«

»Hast du den Verstand verloren?«, brüllte Lin. »Wir lassen doch nicht los!«

»Es ist sicher, versprochen«, rief Freya. »Es ist genial. Lasst los und ihr werdet sehen!«

Freya lehnte sich zurück, aber ließ diesmal das Seil nicht los und blickte hinunter zu ihren Freunden. Teddy nickte ihr zu und trat vom Rad zurück. Lin ächzte unter dem erhöhten Gewicht. Sie sah nicht glücklich aus. Doch nach einigen Sekunden ließ auch sie widerwillig los.

Die Platte sank. Nur wenige Zentimeter, aber das reichte schon, damit Freya jede Entscheidung bereute, die sie hierhergeführt hatte. Als sie anhielt, hallten Freyas Schreie durch die Höhle. Sie sammelte sich und versuchte, ihr rasendes Herz zu beruhigen. Sie bewegte die Arme zur Seite, damit sie den Haken sehen konnte. Wie erhofft hatte sich das Seil am Haken straff gezogen und hielt nun das Gewicht der Platte. Sie runzelte die Stirn.

»Was jetzt?«, rief Teddy. »Kannst du da oben eine Tür sehen?«

Freya schüttelte den Kopf. Sie hatte gehofft, es ihnen einfach zeigen zu können. So war es viel cooler.

»Es ist wie im Leuchtturm«, rief sie.

»Entgleitet dir die Realität?«, brüllte Lin. »Wovon redest du da?«

Freya beugte sich über den Rand der Platte, damit sie die beiden sehen konnte. »Es funktioniert wie die Bewegung des Leuchtturms. Weißt du noch, das wurde uns gezeigt?«

»Warum tust du nicht so, als hätte ich nicht aufgepasst, und erklärst es mir noch mal?«, fragte Lin.

Freya lachte. »Der Leuchtturm funktioniert wie ein großes Aufzieh-Spielzeug. Du drehst ein Rad, das das Gewicht im Turm anhebt, und während es sich senkt, bewegt das Gewicht die Lampe.«

»Okay?«, sagte Lin.

»Und ich denke, das hier funktioniert genauso«, sagte Freya. »Das Rad ist … nun ja, das Rad. Es hebt die Platte hoch, sie ist das Gewicht. Und dann befestigt man die Platte an dem Haken, der irgendwas zieht, und während die Platte sich senkt, sollte sie eine Tür öffnen.«

»Oh, das ist ziemlich genial«, sagte Lin. »Bist du sicher, dass uns das im Leuchtturm erzählt wurde?«

»Ja, bin ich. Du hast dir dabei wahrscheinlich angeguckt, wie eine Möwe einen Touristen angreift oder so.«

Lin seufzte wehmütig. »Ich liebe es, Möwen dabei zuzusehen, wie sie Touristen angreifen.«

»Ja, ja, ist alles sehr beeindruckend«, sagte Teddy ungeduldig, »nur haben wir ein großes Problem.«

»Die Platte sinkt nicht«, sagte Freya.

»Die Platte sinkt nicht«, wiederholte Teddy.

»Das Ganze wurde offensichtlich für einen Erwachsenen gemacht. Ich bin nicht schwer genug.«

»Sie hat sich aber schwer genug angefühlt«, sagte Teddy und rieb sich die Arme.

»Also machen wir dich schwerer«, sagte Lin.

»Und wie machen wir das?«, fragte Freya.

Lin wischte mit dem Fuß über den Boden, wodurch die Münzen aufgewirbelt wurden. »Wir beladen dich.«

Grinsend nahm Freya ihren Rucksack vom Rücken und holte ein dünnes Seil heraus. Sie knotete es am Griff ihres

Rucksacks fest, wickelte das andere Ende durch den Ring auf der Platte und ließ die Tasche zu den anderen hinunter.

»Schmeißt einfach alles raus«, rief sie. »Darum kümmern wir uns später.«

»Absolut«, rief Lin. »Wer hätte nicht lieber Diamanten anstelle von Schulbüchern?«

Kichernd sammelten Lin und Teddy haufenweise Schätze ein und steckten sie in Freyas Rucksack. Dabei achteten sie gar nicht, was sie hineintaten, sondern stopften einfach so viel wie möglich hinein. Nach einigen Minuten zog Lin zweimal am Seil, und Freya zog die Tasche hoch. Die Platte schwankte wild unter ihr, als sie das Gewicht verlagerte, aber das bemerkte sie kaum. Sie hievte den Rucksack auf die Platte und zwischen ihre Beine. Nichts passierte. Sie kippte die Tasche aus, und funkelnde Schätze verteilten sich um sie herum. Dann warf sie den Rucksack wieder über den Rand der Platte und ließ ihn hinuntersinken.

»Nicht genug!«, rief sie. »Ich verlange mehr Reichtümer!«

Während Teddy und Lin unter ihr herumwuselten und die Tasche füllten, ordnete Freya die Schätze um sich herum an. Sie stopfte sich die Taschen mit Goldmünzen und Edelsteinen in allen erdenklichen Farben voll. Sie wickelte sich reihenweise Perlenketten um den Hals und steckte sich so viele Ringe an die Finger, dass sie kaum noch die Hände schließen konnte. Jedes Mal, wenn der Rucksack wieder bei ihr ankam, wuchs ihr Hort an.

»Ich fühle mich wie ein Drache!«, rief sie ihren Freunden zu.

»Wenn wir hier rauskommen, kannst du Ms Oleander fressen«, erwiderte Teddy.

Als die Platte unter ihr plötzlich erbebte, schrie sie laut auf. Dann hüpfte sie kräftig auf und ab, um sich so schwer wie möglich zu machen. Die Platte ächzte deutlich, als sie sich einige Zentimeter nach unten bewegte, und blieb dann wieder stur an Ort und Stelle stehen.

»Noch eine Ladung«, rief Freya, »dann sollte es funktionieren.«

Ein letztes Mal wurde der Rucksack zu ihr heraufgehievt. Freya zog ihn zu sich heran und platzierte ihn zwischen ihre Beine. Sie hatte nicht einmal genug Zeit, um ihn umzukippen, bevor die Platte zu sinken begann.

»Es klappt!«, schrie sie aufgeregt.

Sie spitzte die Ohren und lauschte nach einem entsprechenden Geräusch irgendwo in der Höhle. Und tatsächlich war aus den Tiefen der Wände ein ächzendes Knacken zu hören. Ein Teil der Wand hob sich langsam, wobei ein glänzender Wasserfall aus Juwelen freigesetzt wurde. Mit einem Knirschen sank die Platte wieder auf ihren Platz auf dem Boden. Freya platzte vor Lachen, als sie wieder auf einer Ebene mit ihren Freunden ankam. Die beiden waren genauso üppig geschmückt wie sie. Lin hielt einen juwelenbesetzten Stab in der Hand. Teddy trug ein Diadem.

»Steht dir«, sagte Freya und nickte in seine Richtung.

Teddy grinste. »Danke. Ich fand immer schon, dass ich eine exzellente Prinzessin abgeben würde.«

Freya wollte sich in Richtung Tür bewegen, aber das Beben der Platte ließ sie innehalten. *Konzentrier dich*, sagte sie zu sich selbst. *Noch seid ihr nicht draußen.*

»Wir müssen die Platte beladen, damit die Tür nicht einfach hinter uns zuschlägt. Wir brauchen etwas in meiner Größe oder größer«, sagte sie.

Lin und Teddy sahen einander an, nickten und liefen in dieselbe Richtung. Sie packten die Holztruhe aus der Mitte des Raumes und zogen sie herüber, sie keuchten, als sie sie auf die Platte schoben. Lin ließ sich mit dem Rücken an der Truhe zu Boden sinken und wischte sich mit einem Ärmel über das Gesicht. Teddy häufte noch ein paar Arme voller Schätze hinein, nur um ganz sicher zu sein, und trat dann mit den Händen in den Taschen zurück. Freya schob einen Fuß von der Platte und verlagerte vorsichtig ihr Gewicht. Als die Platte sich nicht bewegte, trat sie ganz hinunter. Das Seil ächzte, aber die Platte verweilte an Ort und Stelle.

Sie stemmte die Hände auf die Knie und lachte los. Grinsend lehnte Lin den Kopf zurück an die Truhe. Teddy nahm Freya in den Schwitzkasten und sprang auf und ab. Gackernd stieß Freya ihn von sich.

»Okay«, sagte sie, nach Atem ringend. »Wir haben den versteckten Schatz gefunden. Wir sind der Todeshöhle entkommen. Was steht als Nächstes auf der To-do-Liste?«

»Ist das nicht klar?«, fragte Teddy, der sein Diadem richtete und Richtung Tür ging. »Wir halten die Bösen auf.«

VIERUNDZWANZIG

Der Tunnel hinter der Geheimtür führte die drei stetig aufwärts.

»Dieser Weg ist viel angenehmer als der andere«, sagte Teddy.

»Das stimmt«, sagte Freya. »Wir sollten eine Beschwerde beim Tourismuszentrum einreichen. Wir fordern eine einheitliche Erreichbarkeit von geheimen Schatzpfaden.«

Die drei waren halb hysterisch und drohten jederzeit in Kichern auszubrechen. Ganz ohne Vorwarnung endete der Tunnel in einem Raum. Unter ihren Füßen befanden sich Holzdielen, die Wände waren schroff und unfertig, aber das Wunderbarste, was Freya je gesehen hatte, war die kleine Tür.

»Ich wette, die führt zu einer weiteren Höhle«, sagte Lin.

»Das ist nicht witzig«, sagte Freya, lief auf die Tür zu und stieß sie auf.

Sonnenlicht flutete den Raum und blendete sie, nachdem sie so viel Zeit in der Dunkelheit der Höhlen verbracht hatten. Ihre angehäuften Juwelen glitzerten und warfen regenbogenfarbene Flecken an die Wände. Teddy und Lin eilten durch die Tür und zogen Freya mit sich. Sie waren durch eine kleine rote Tür getreten, die sich vollkommen unschuldig an einer von Edges weiß getünchten Wänden befand. Nebenan war ein richtiges Haus. Freya konnte durchs Fenster sehen, wie jemand den Abwasch erledigte.

»Das war die ganze Zeit hier«, murmelte Freya.

»Wenn man allerdings von dieser Seite gekommen wäre, wäre man nur auf eine solide Wand gestoßen«, sagte Lin. »Außer man hätte jemanden zum Öffnen auf der anderen Seite.«

Teddy blinzelte die Tür an, als wäre sie das Seltsamste, was er an diesem Tag gesehen hatte. »Was stimmt nicht mit dieser Stadt?«

Lin runzelte die Stirn. »Was ist das für ein Geräusch?«

Freya legte den Kopf schief. Lin hatte recht. Ein rhythmischer Laut hallte durch die Straßen zu ihnen herüber.

»Könnte es das Meer sein?«, fragte Teddy. »In den Höhlen klang es manchmal sehr seltsam. Wie Stimmen oder so.«

»Ich glaube, es sind Stimmen«, sagte Freya.

Lin schlug sich eine Hand vor die Stirn. »Meis Protest! Wir müssen in der Nähe des Rathauses sein.«

Grinsend packte Freya Lin am Arm. »Also verpasst du ihn doch nicht. Schwester des Jahres!«

Sie rannten die Straße entlang und folgten dem Surren der Stimmen durch das Labyrinth der Straßen von Edge. Als sie näher kamen, konnte Freya einzelne Stimmen heraushören und Sprechchöre, die durch ein Megafon vibrierten.

»Wir müssen nah dran sein«, rief sie und schnellte um eine weitere Ecke.

Abrupt blieb sie stehen, sodass die anderen beiden in sie hereinrannten. Freya sah die marschierende Menge am anderen Ende der Straße. Aber zwischen den Menschen und ihnen stand Ms Oleander. Mit einem leicht angewiderten Ausdruck beobachtete sie die Demonstrierenden.

Freya nahm Lin und Teddy bei den Handgelenken und zog sich langsam zurück.

In diesem Moment blickte Ms Oleander nach hinten, dann sah sie noch ein zweites Mal hin wie in einem Zeichentrickfilm.

»Du«, sagte sie fassungslos.

Freya runzelte die Stirn. Diese Frau wohnte zur Zeit in ihrer Pension, da war es doch das Mindeste, dass sie Freyas Namen sagte. Doch dann fiel ihr auf, dass Ms Oleanders Finger an ihr vorbeizeigte – und zwar auf Teddy. Freya nahm wahr, wie es in Ms Oleanders Kopf ratterte, als sie die drei zusammen sah: dreckig, aber voller schimmernder Juwelen. Ihre höfliche Fassade bröckelte und verschwand, ihr Gesicht verwandelte sich in eine brodelnde Maske des Zorns.

»Echt nicht«, sagte Freya, drehte sich um und rannte los, gefolgt von den anderen beiden.

Sie rasten um eine Kurve, und Ms Oleanders Absätze klackerten wütend hinter ihnen. Mit ihren trippelnden Füßen und den klickenden Schritten auf dem Asphalt erinnerte sie Freya mehr denn je an ein Insekt. Die Art, die ihrer Beute den Kopf abbeißt. Freya zwang sich, schneller zu laufen.

»Zum Protest«, keuchte sie. »In der Menge können wir sie verlieren.«

Sie eilten durch schmale gewundene Straßen, während sie den Stimmen folgten. Was Ms Oleander auch mit ihnen vorhatte, Freya war sich sehr sicher, dass sie sie vor der versammelten Stadtgemeinschaft nicht töten würde. Als sie Bewegungen erspähte, hielt sie schliddernd an. Erleichtert schrie sie auf und zog Teddy und Lin mit sich auf die Menge zu. Als sie das Ende der Straße erreichten, erkannte Freya, dass sie vor dem Rathaus waren. Die Straße quoll über vor demonstrierenden Menschen, farbenfrohen Bannern und Schildern, die energisch herumgeschwungen wurden.

»Whoa«, sagte Lin. »Mei muss sehr glücklich sein.«

Ganz vorne entdeckte Freya Mei, die auf einem der Sockel vorm Rathaus stand und durch ein Megafon rief.

»Kommt schon«, flüsterte Freya. »Wir können in der Menge untertauchen.«

In der Hoffnung, dass die große Menschenmenge sie verschlang, bahnten sie sich einen Weg hinein. Aber es verlief nicht wie erwartet. Die Menschen, an denen sie vorbegingen, verstummten, als sie die Juwelen sahen, die unter dem ganzen Dreck hervorblitzten. Freya biss die Zähne zusammen und änderte die Route nach vorn. Dort würden sie die meisten Zeugen haben.

Als Mei die Unruhe bemerkte, hörte sie auf zu rufen. Stirnrunzelnd reckte sie den Hals, um zu sehen, was da vor sich ging. Freya, Teddy und Lin traten auf die breiten Stufen des Rathauses. Auf dem Platz wurde es vollkommen still, niemand war sich sicher, was er da sah. Ein Klicken und ein Lichtblitz ließen Freya zur Front der Menge schauen, wo sie die Fotografin Sam entdeckte, die ihr mit offen stehendem Mund entgegenstarrte. Sie hatte ihre Kamera nicht einmal vors Gesicht gehalten, sondern hatte instinktiv den Auslöser gedrückt.

»Und jetzt?«, zischte Teddy durch die zusammengepressten Zähne.

Freya blickte in das Meer aus verblüfften Gesichtern. Sie atmete tief durch. Blut. Die Höhe. Höhlen. Die Dunkelheit. Da dachte sie sich, einer weiteren Angst würde sie sich noch stellen können. Also marschierte sie zu Mei, nahm ihr das Megafon aus den Händen und hob es an ihren Mund.

»Ms Oleander ist eine Lügnerin«, brüllte sie. »Sie kam mit dem Anliegen hierher, die Promenade zum Wohle der Stadt zu kaufen. Um sie zu verbessern. Gelegenheiten für Edge zu schaffen. Um uns zu retten. Aber was sie wirklich von uns wollte, war, uns zu bestehlen.«

Freya steckte eine Hand in eine ihrer Taschen und warf eine Handvoll Edelsteine in die Menge. Sie funkelten, als sie durch die Luft flogen, und landeten klappernd auf dem Boden. Es folgte ein Moment verblüffter Stille, dann sanken die Menschen auf die Knie, um sie aufzusammeln wie Vögel, die sich auf ein paar Brotkrümel stürzten.

»Die haben wir gerade unter der Promenade verborgen gefunden. Deshalb ist sie hier. Um uns unsere Schätze unter den Füßen zu entreißen.«

Ein Keuchen ging durch die Menge, als Ms Oleander sich zu ihnen durchschob. Sie packte Freyas Handgelenk so fest, dass es wehtat. Freya schrie auf und versuchte, sich zu befreien, aber Ms Oleander zerrte sie am Arm zurück. Ihre Fingerknöchel waren ganz weiß.

In der Menschenmenge brach ein Tumult aus, und als Freya aufsah, entdeckte sie Granny Kate, die sich zu ihnen durchkämpfte. Eine Gestalt weiter vorne platzte aus der Menge hervor, ihr Gesicht bleich vor Wut unter ihrem bunten Hijab.

»Nehmen Sie sofort Ihre Finger von ihr«, sagte Ms Hanan. Sie erhob die Stimme nicht, doch sie klang hart wie stahl.

Freya zitterte. Ms Hanan konnte wirklich angsteinflößend sein.

Ms Oleander verzog den Mund, lockerte ihren Griff jedoch. Dann schob sie ihr Gesicht so nahe heran, dass Freya zusammenzuckte.

»Lass mich dir eins sagen: Alles, was du auf meinem Eigentum gefunden hast, gehört mir«, zischte sie.

»Das stimmt nicht«, sagte Teddy. »Das Gesetz besagt –«

Ms Oleander unterbrach ihn mit einer schallenden Ohrfeige. Er stolperte rückwärts zu Boden, sein Diadem fiel ihm vom Kopf und schlidderte über die Stufen. Ihre Hand hinterließ einen knallroten Abdruck auf seiner Wange. Wütende Schreie ertönten aus der Menge. In Windeseile stand eine Mauer aus Körpern zwischen den dreien und Ms Oleander. Ms Hanan warf sich kreischend auf Ms Oleander und musste von einigen anderen Leuten zurückgehalten werden.

Ms Oleander hatte ihre sorgfältig aufgesetzte Fassung verloren und brüllte nun: »Es gehört mir. Ihr seid zu spät gekommen.«

»Das stimmt so nicht«, erklang eine Stimme hinter Freya.

Der Stadtrat stand auf den Stufen. Catherine, die nette Dame mit dem blonden Bob, sah Ms Oleander angewidert an. Der Bürgermeister stand mit glänzender Stirn auf einer Seite und wedelte verzweifelt mit den Händen. Catherine ging um ihn herum. Ms Oleander versuchte, sich nachträglich zu fassen, strich sich eine lockere Haarsträhne aus dem Gesicht und ihren grünen Mantel vorne glatt. Sie trat einen Schritt auf den Rat zu, doch Catherine hob eine Hand, sodass sie sofort stehen blieb.

»Unter genauerer Betrachtung«, sagte sie, und ihre Stimme hallte auf dem Kopfsteinpflaster wider, »glaube ich nicht, dass Sie bei den Verhandlungen aufrichtig zu uns waren.«

Ms Oleanders Gesicht entwich alle Farbe. »Also wirklich«, sagte sie. »Sie werden den Worten dieser Kinder doch nicht ernsthaft Glauben schenken?«

Catherines Mund zuckte. »Natürlich werden wir den Behauptungen von Freya und ihren Freunden nachgehen. Für den Moment erscheint es mir daher nur angemessen, wenn wir den Verkauf der Promenade aufschieben. Ich fühle mich definitiv nicht wohl dabei, Geschäfte mit einer Person zu machen, die ihre Hand gegen einen Jungen erhebt. Stimmen Sie da nicht zu, Herr Bürgermeister?«

Mit einem wütenden Blick wandte sie sich dem Bürgermeister zu, der hinter ihr hilflos herumzappelte. Er nickte. Dann sah Catherine mit einem zuckersüßen Lächeln wieder zu Ms Oleander. »Und in der Zwischenzeit, schlage ich vor, suchen Sie sich eine andere Übernachtungsmöglichkeit.«

Mit einem riesigen Grinsen sprang Mei wieder auf den Sockel. »Raus aus unserer Stadt!«, rief sie. »Raus aus unserer Stadt!«

Mit großem Enthusiasmus nahm die Menge den Sprechchor wieder auf, reckte die Fäuste in die Luft und schwang die Banner wild umher. Ms Oleander floh durch sie hindurch und zuckte angesichts der Worte, die ihr entgegengeworfen wurden, zurück. Lin nahm Teddys Hände und zog ihn auf die Füße. Freya lief zu seinem Diadem, wischte den Dreck herunter und setzte es ihm schief auf den Kopf.

»Wenigstens hat sie nicht die andere Wange getroffen«, sagte Teddy und bewegte den Kiefer kreisend.

»Stimmt«, sagte Lin, packte ihn und drehte ihn hin und her. »Jetzt passen sie zusammen.«

»Du hast nie besser ausgesehen.« Freya grinste.

Fünfundzwanzig

Die ganze Stadt sah dabei zu, wie ein Archäologenteam die Schätze in Schubkarren aus den Tunneln fuhr. Die Karren wurden im kleinen Raum am Ende des Tunnels ausgekippt und dann zum Nachfüllen wieder hinuntergebracht. Die Reichtümer wurden in Beuteln, Eimern, Schalen und Schüsseln unter der achtsamen Aufsicht der Archäologen ins Rathaus gebracht. Na ja, mehr oder weniger achtsam. Freya war sich sicher, dass einige der Schätze unterwegs in Jacken- oder Hosentaschen verschwanden, aber das machte nichts. Es gab mehr als genug davon.

Nach dem Spektakel mit Ms Oleander hatte sich der Bürgermeister im Rathaus verkrochen und wurde seitdem nicht mehr gesehen. Catherine hatte sich der Sache angenommen und leitete die Bergung mit Enthusiasmus. Ein Schimmern an ihrem Hals erregte Freyas Aufmerksamkeit, und für einen Moment dachte sie, Catherine hätte sich auch am Schatz bedient. Doch dann erkannte sie, dass es sich um die Goldkette des Bürgermeisters handelte.

Freya drängte sich durch die Menge zu ihr hindurch. »Danke«, sagte sie. »Sie haben mein Zuhause gerettet.«

Kopfschüttelnd lachte Catherine. »Ich habe nichts dergleichen getan. Du hast dein Zuhause selbst gerettet, Freya. Vielleicht könnte man sogar sagen, du hast die ganze Stadt gerettet.«

Freya schob ihre Hände in die Taschen und zappelte glücklich.

»Weißt du«, sagte Catherine, »wir brauchen einen Plan, was wir mit alldem hier anstellen wollen.«

Etwas in Freyas Innerem machte einen Sprung. Sie blickte in die Menge, wo Lin und Mei scherzhaft stritten. Vielleicht stritten sie auch ernsthaft. Manchmal war das schwer zu erkennen.

»Ich glaube, ich kenne da ein paar Leute, die dabei helfen könnten.«

Ohne dass es jemand wirklich bemerkte, wurde der Tag zu einem Fest. Die Schatztruhen wurden durch improvisierte Stände, klapprige Tische und behelfsmäßige Bühnen ersetzt. Die Menschen strömten von den Straßen an den Strand und streckten sich im Sand aus, einige waren mutig genug, ihre Zehen ins eiskalte Meer zu tauchen. Es fühlte sich an, als sei der Sommer schon früher in Edge angekommen, und alle beschlossen einstimmig, die schneidend scharfe Brise zu ignorieren, während die Sonne sich schnell dem Horizont näherte.

Freya fand Lin am Rand des Wassers stehen, wo sie aufs Meer hinausblickte.

»Ich hoffe, du hältst nicht nach dem nächsten Abenteuer Ausschau«, sagte Freya.

Lin lachte. »Nein, ich glaube, ich bin bereit dafür, eine Weile langweilig zu sein.«

Freya drückte sie. »Du warst noch nie für eine Sekunde langweilig.«

Lin stupste sie an. »Ich kann nicht glauben, wie mutig du warst, dass du vor den Leuten gesprochen hast. Vor der ganzen Stadt sogar!«

»Ich kann es auch nicht ganz glauben. Keine Ahnung, wo ich den Mut dazu hergenommen habe.«

»Vermutlich von dem Diadem«, sagte Lin nachdenklich. »Man fühlt sich immer wichtig, wenn man ein Diadem trägt.«

Freya lachte. »Du hättest sagen sollen, dass der Mut immer schon in mir gesteckt hat. Außerdem hast du wohl vergessen, dass Teddy das Diadem getragen hat, nicht ich.«

Lin grinste. »Wie konnte ich das vergessen? Wo ist er überhaupt? Hab ihn den ganzen Tag nicht gesehen.«

Freya runzelte die Stirn. »Ich auch nicht. Ich hoffe, er hat nicht das Weite gesucht.«

»Das bezweifle ich«, sagte Lin. »Nicht ohne seinen Anteil am Schatz. Hast du ihm wirklich die Hälfte davon versprochen?«

Freya nickte. »Ich wollte den Schatz nie für mich. Sondern für die Stadt.«

»Das ist sehr ehrenhaft von dir«, sagte Lin. Sie hielt inne. »Allerdings hätte ich nichts gegen einen neuen Fernseher gehabt.«

Freya schnaubte und schubste sie leicht. Sie zitterte, als eine Brise vom Meer herwehte und ihr Haar zerzauste.

Lin zauberte eine Flasche hervor und winkte mit ihr in Freyas Richtung.

»Magische Suppe?«, fragte Freya.

»Was sonst?«

Freya hakte sich bei Lin unter, als sie einen Schluck von der heißen Suppe nahm. Sie blickte auf die rauen Wellen hinaus. Dabei fühlte sie sich, als könnte die Kälte ihr nun nichts mehr anhaben.

Es war schon fast ganz dunkel, als Freya in der Pension ankam. Ihr Heimweg war vom Leuchten der Lagerfeuer begleitet worden. In der Pension war es still, da Granny Kate noch die Feierlichkeiten genoss. Als Freya sie das letzte Mal gesehen hatte, hatte sie sich angeregt mit Ms Hanan unterhalten und so getan, als würde sie kein Auge auf Harpreets Großvater haben, der wiederum so getan hatte, als wäre er nicht auf dem Weg zu ihr.

Freya erklomm die Stufen zu Zimmer drei und schob die Tür auf. Es war leer. Keine Spur von Ms Oleander, nichts, was ihre Anwesenheit dort bestätigte, abgesehen von dem übermäßig süßen Geruch nach Veilchen in der Luft. Sie trat ans Fenster und beobachtete die Lagerfeuer am Strand. Von hier aus sahen sie wie Sternenkonstellationen aus.

»Hey«, ertönte eine Stimme hinter ihr.

Freya drehte sich um. Teddy lehnte am Türrahmen. Freya lächelte ihn an. »Hey. Was für ein Tag. Ich kann nicht glauben, wie groß der Schatz ist. Hast du entschieden, was du mit deiner Hälfte machen willst?«

Teddy senkte den Blick. »Ich habe mit der neuen Bürgermeisterin darüber gesprochen.«

Freya nickte. »Ich glaube nicht, dass du dir wegen ihr Sorgen machen musst. Sie wird deinen Anteil nicht behalten.«

»Ich weiß. Darüber habe ich ja mit ihr gesprochen. Ich dachte, vielleicht … vielleicht können wir ihn einfach alle teilen.«

Freyas Augenbrauen verschwanden fast unter ihrem Haaransatz. »Teilen?«

»Ja, du weißt schon. Eine Hälfte für die Stadt, die andere Hälfte für die Bewohner der Stadt. Wer braucht schon mehr als eine Handvoll Schätze?«

Freya strahlte ihn an. »Das ist der Wahnsinn, Teddy.«

Teddy zuckte die Achseln. »Ja, ja.«

Er drehte sich um, blieb dann aber stehen. »Deine Granny hat mich gebeten zu bleiben. Wenn das okay für dich ist.«

Grinsend lehnte Freya sich an die Fensterbank.

Teddys Augen füllten sich mit Tränen, und er räusperte sich. Er schenkte ihr ein kleines Lächeln und ging dann, ohne auf Freyas Antwort zu warten.

In Freyas Kopf drehte sich immer noch alles, und sie lehnte die Stirn an die kühle Scheibe. Unter ihrer warmen Haut beschlug das Glas, und sie kritzelte Skizzen für eine neue Erfindung mit dem Finger darauf. Der blumige Duft von Ms Oleanders Parfüm kitzelte sie in der Nase. Freya öffnete das Fenster, nahm einen tiefen Atemzug und ließ die salzige Meeresluft herein, damit sie das, was von Ms Oleanders Präsenz geblieben war, davontrug.

Für alle, die nicht genug vom wunderschönen Edge bekommen

Auf der Suche nach Emily McCrae

ISBN 978-3-95728-765-6

Ein fesselndes Fantasy-Abenteuer voller Gefahren, Gefühle und Wendungen – mit spannenden Legenden aus der japanischen Mythologie

Die Perlenjägerin

ISBN 978-3-95728-767-0